내가 한 말을
내가 오해하지 않기로 한

문상훈

위너스북 WINNER'S BOOK

슬프면 아무도 모르게
방문을 닫고 혼자
혼자서 그렇게 울었는데

이젠 그러지 않으려고

진짜 모르더라

내 모든 허송세월들을
여기 모았다
나도 구박하던 그 쓸데없음들

너무 무겁지 않게 적으려 했으나
쉬운 건 없다

미안합니다

들어가며

자기검열이 너무 심했습니다. 끈질기고 간절한 채권자처럼 내 생각들의 당위를 여기저기로 허락받으러 다녔어요. 결재받지 못한 생각들은 바로 폐기 되었고요. 그 일들이 지칠 때쯤 일기를 적는 것도 그만두었던 기억입니다. 저절로 든 내 생각이 정당한지 물어보는 것보다 그것들을 글로 적는 것은 더 큰 용기를 필요로 하는 것이었거든요. 생각들을 검열하는 것이 눈대중의 일이라면, 내가 적은 글들을 누군가에게 내보이는 것은 부검에 가까운 느낌이에요. 심지어 내 몸을 부검하는 동안 나는 살아있습니다. 그렇게 고문 같은 기억들을 몇 차례 경험하고 어떤 종류의 글도 강박적으로 피하다 보니 더 이상 내 안에는 어떤 풀도 자라지 않더라고요.

꽃말이 예쁘지 않다고, 영원한 사랑이나 뜨거운 우정 같은 뜻이 아니라 고민 후회 좌절 아쉬움 같은 꽃말이라고 무표정으로 검열해서 뽑아 댄 잡초들은 사실 내가 바라던 꽃과 열매들의 마중물이었어요. 그걸 너무 늦게 알았지만 오늘은 해가 뜨고 내일은 비가 올 것이고 계절은 언제나 돌아온다는 사실로 아쉬움을 훔쳐냅니다. 지고 있던 농약을 내려놓기로 합니다.

이제 나만 나를 소중하게 생각할 줄 아는 사람이 되면 됩니다. 내가 한 말을 내가 오해하지 않기로 합니다. 거울을 자주 들여다보기로 그리고 덜 째려보기로 합니다.

몰래 담아왔던 꽃들을 여기 두고 갑니다. 자라기는 내 안에서 자란 꽃들인데, 뽑고 내팽개쳐 놓은 내 잡초들입니다. 벌레 먹거나 무른 것이 있을 수도 있어요. 그래도 내 흙이 묻은 거라 씻지도 않고 내놓습니다. 미리 죄송하고 미리 고맙습니다. 되도록 천천히, 느리게 봐주시면 좋겠지만 그런 마음도 다시 밀어 넣습니다. 제가 그동안 가을을 좋아했던 건 그 생각과 감정의 꽃들을 거둘 수 있어서였나 봐요. 이걸 알게 해주셔서 또 고맙습니다.

2023년 가을이 지나가는 길목에서
문상훈

차례

아무도

보지 않을 것

밤에 일기장을 펼칠 때마다 다짐한다. 아무도 보지 않을 것처럼 적겠다. 오늘의 기분과 생각 중에 가장 후진 것들을 모아 이곳에 남길 것이다. 이건 아무에게도 보여주지 않을 내 감정의 림프선 쓰레기통이다. 그런데 남들에게 숨기기 바빴던 꼬이고 엉킨 내 생각을 풀어내서 더 건강한 내일을 준비하는 시간을 보내자며 몇 자 적어내기가 무섭게 곧 귀찮아진다. 아무도 보지 않을 거라면서 누가 읽을 것처럼 자꾸 단어들을 골라 담기 때문이다. 더 나은 단어와 표현을 탈곡 해대느라 한 문장 한 문장이 지지부진하다. 달궈진 쇠꼬챙이 같은 과격한 감정의 글자들은 지우고 읽히기 쉽게 재단한 문장들을 배치해대는 꼴이 우습다. 분명히 솔직한 마음들만 담백하게 적어내기로 했지만 너무 추하게 솔직한 표현들은 빼고 세련된 솔직함만을 옮겨 적고 있는 나를 깨달을 때는, 연필을 내려놓고 일기장만 원수처럼 노려보게 된다.

손으로 적는 속도보다 생각이 드는 속도가 더 빠르기 때문에 지금 문장을 적는 동안 다음, 그 다음 문장들이 생각난다. 일기장에 점잖은 척하는 문장들을 다 적기도 전에 오늘 했던 질투나 얄팍한 억하심정들이 떠오르는 것이다. 그러면 나는 머릿속에서 그 감정들에 대한 변명이나 핑계, 합리화의 과정이 순식간에 이루어지고 곧 일기장을 덮어버리게 된다. 나는 날짜가 인쇄된 일기장을 쓰기 때문에 이런 식으로 완성하지 못하고 덮어버리는 며칠 밤을 보내고 나면, 정신없이 빈 페이지들이 쌓인다. 그렇게 날짜를 놓친 일기장은 쓰기 전보다 더 꼴도 보기 싫어진다. 아무도 보지 않을 일기라면서 게으르게 비어 있는 페이지들을 누구에게 들키기라도 한 것 같다.

이런 생각까지 하고 나면 사실 〈아무도 보지 않을 거〉란 말은 더 많은 사람에게 매력적으로 닿기 위한 전략적인 표현이었구나 하고 깨닫게 된다. 나만 알고 있다는 비밀이 제일 유명하고 한정판 신발들이 거리에 가장 흔한 것처럼. 나는 언젠가, 누군가에게 아무도 보여주지 않았던 거라고 뽐내며 일기장을 펼쳐 보일 순간을 무의식적으로 상상해 온 것이다.

나는 다시 말해서 누가 읽을 것이 아니라면 일기를 쓰지 않는 사람인 것이다. 누가 봐야지만 어떤 일을 하는 사람이고 그 대상이 알아주지 않으면 어떤 것도 사랑하지 않는 사람이었다. 다른 사람의 시선은 너무 신경 쓰지 않는다라는 말을 최대한 많은 사람 앞에서 가장 잘하고 싶어 목소리 가다듬으며 연습하는 종류의 사람인 것이다. 이런 나에게는 어떤 행동이나 생각도 그 자체가 목적이 되지 못하고 주변 사람들의 반응이나 평가만이 목적이 된다. 새롭지도 않지만 익숙해지지도 않는 나에 대한 실망을 오늘 또 한 번 하게 된다. 나는 평생 나 자신을 위한, 내 만족을 위한 무엇도 하지 못하겠구나.

일기장을 덮어놓고 천장을 보면서 아무도 보고 있지 않다는 외로움에 대해 생각한다. 기분도 남 눈치 보면서 들고 생각도 다른 사람 허락받고 한다니. 취향과 호오의 기준이 내게 없고 내가 좋아하는 것이 정말 좋은 건지 자꾸 다른 사람에게 물어보게 된다. 나는 뭐 하나 하려고 해도 늘 누가 옆에서 지켜봐 주어야 한다. 혼자서는 아무것도 할 수 없다는 것이 문득 외롭다.

세상 사람들이 좋아하는 말 중에 오늘이 마지막 날인 것처럼 살아가라는 것도 알겠고 한 번도 상처받지 않은 것처럼 사랑하라는 말도 어렴풋이 알겠는데, 아무도 보고 있지 않은 것처럼 춤추라는 것은 나 같은 사람에게는 너무 어렵다. 나는 누군가 보고 있다고 해야지만 춤 비슷한 것이라도 나올 것 같기 때문이다. 처음 타보는 두발자전거 뒤에서 아빠가 잡아주고 있다는 확신이 있을 때만 자전거 페달을 밟을 수 있는 어린아이에서 한 발짝도 성

새롭지도 않지만 익숙해지지도 않는
나에 대한 실망을 은는 또 한 번 하게 된다.
나는 평생 나 자신을 위한, 내 보욕을 위한
무엇도 하지 못하겠구나.

일기장을 덮어놓고 천장을 보면서 아무도 보고 있지
않다는 외로움에 대해 생각한다.

장하지 못한 것이다. 언제까지 누굴 앞에 앉혀둘 수는 없으니 혼자 해 버릇해야 하지 않을까 하는 의무감과, 습관처럼 뒤를 돌아보며 아빠를 확인해야만 하는 불안감이 동시에 든다. 결국 나는 오늘도 일기를 다 완성하지 못하고 덮는다. 나는 언제쯤 누가 보지 않는다 해도 스스로를 잘 들여다볼 수 있을지, 커가는 일은 어렵기만 하다.

편지 1

안녕이라는 말도 너무 급하지. 갑자기 생각이 나서 편지를 쓰게 됐어. 미안하다는 사과부터 할게. 사과하려고 적은 편지는 아니고 어쩌면 반대에 가까운데 이 편지를 내용도 모르고 읽을 너의 표정이 상상돼서. 너무 반갑게 읽으면 미안해서.

속으로 깊이 미워했어. 너도 알지? 그것도 미안한데, 사실 더 미안한 건 그렇게 죽일 듯이 원망했으면서 만만하다는 이유로 너를 너무 쉽게 핑계 삼았어. 알고 있는지 모르겠지만. 내가 누군가에게 상처를 주거나 유독 예민해질 때마다 네 이름을 댔어. 내가 아니라 네가 그랬다고.

사실 너 때문이 아니라 그냥 내 성질머리였을 때도 많았는데. 그냥 네 이름으로 눙치고 지나갔어. 미안하다. 어쩌겠니. 가끔은 정말 너 때문에 그런 적도 있었으니까. 그땐 모를 때가 많았지만.

널 처음 만난 날이 기억나. 중학교 때였나 하여간 사춘기가 찾아올 때쯤이었는데. 학교에서? 맞지? 친구가 소개해준 건 아니었는데 이상하게 내 친한 친구들 뒤엔 네가 늘 서 있었잖아 재수 없게. 와서 인사라도 하지 뭘 그렇게 멀뚱거렸어. 괜히 너를 못 본 체하고 지나갈 때도 많았잖아. 그 시간들이 아깝긴 하다 지금 와서 생각해 보면. 좀 미리 알고, 가까이 지낼 걸 요즘도 생각해. 근데 뭐 어쩌겠어. 가까이 지내자고 했어도 얼마나 가까이 지냈겠어? 우리 팔자에. 사실 너 나랑 아주 더 어릴 때부터 알고 지낸 사이인 거. 너도 알고 있었어? 그땐 너무 어려서 널 부르는 법도 말도 몰랐는데 어릴 때부터 있던 내 습관에도 사진에도 일기장에도 네가 담겨 있더라. 지독하지. 내 인생 어디부터 네가 묻어있고 어디까지 네가 끼어들까.

그래서 그러는데, 내가 하는 말 잘 들어. 너 모른다고 하면 안 돼. 아직 대답은 하지 말고. 너 때문에 짝사랑을 망친 일이 많았어. 왜 그랬어? 네가 자꾸 옆에서 괜히 부추겼잖아. 이게 사랑인지 아닌지도 몰랐는데 괜히 네 얘기만 듣다가 서툴게 걸음이 꼬일 때가 많았어. 짜증나. 2월 14일에 초콜릿을 주지 못하고 말 붙일 기회를 11월 11일까지 기다렸다고. 아니면 자연스럽게 말을 할 수 있게 내가 다치거나 홍수라도 나길 바랐다고. 결국 그때도 나는 너 때문에 다른 애한테 전달해달라고 했어 너 때문에. 알아? 너만 아니면 내가 직접 줄 수 있었는데. 그날을 생각하면 지금도 아쉬워. 나 결혼했는데, 그때 빼빼로를 주면서 고백하지 못한 게 아쉬운 게 아니라 그런 결정적인 순간엔 늘 네 말을 듣고 도망간 게 아쉽다고. 내 인생에서 너 때문에 그런 날이 많았다고. 알아?

이것까지 너 때문일 거라고는 생각 못 했는데, 내가 초등학교 3학년 때까지 엄마랑 분리불안이 있던 거 알지? 그래서 학교에 가기 싫어했잖아. 학교에서 돌아오고 집에 엄마가 없으면 복도에서 엄마가 올 때까지 울었다고.

비가 오는데 엄마가 우산 들고 오지 않으면 집까지 울면서 뛰어갔고. 나 두고 도망갈까 봐 맨날 무서웠다고. 그것도 너 때문이었어. 아니. 내가 첫째여서 그랬다는 건 나중 문제고. 어쨌든 너 때문이야. 그런 순간들이 켜켜이 쌓이고 쌓여 나는 사람들과의 관계에서 늘 분리불안을 가진 사람처럼 행동했던 거야. 특히 연애할 때는 잘 지내기 위해서가 아니라 헤어지지 않기 위해 행동했어. 이걸 네가 알았다면 좀 말리지 그랬어? 그게 얼마나 많은 사람에게 상처를 줬어? 내가 짐짓 맑은 표정을 짓는 법을 연습하게 하는 것도 다른 사람에게 무턱대고 잘 보이고 싶어서. 나 자체로 좋은 사람보다 그 사람에게만 좋은 사람이 되기 위해 노력하게 했잖아. 이 사람과의 관계가 소중하다고 판단하기 전에 날 떠나가지 않기만을 생각하게 했다고.

내가 많은 사람을 떠나보내고 관계에 실패해서 좌절하고 울고 술을 부어대고 나를 버리는 동안 이게 왜 그런지 새벽 같이 생각하고 또 했는데, 이것도 너 때문이었어. 그걸 옆에서 지켜봐놓고 가만히 있었다고? 먼저 말해주

내가 짐짓 맑은 표정을 짓는 법을
연습하게 하는 것도 다른 사람에게 무던대고
잘 보이고 싶어서.

지는 못할망정. 숨바꼭질하는 것처럼 밤늦게까지 찾아 헤매게 했어. 눈물 콧물 범벅이 되고 나서야 슬그머니 나오거나 며칠, 길게는 몇 년이나 지나고 나서 알려줬지. 어릴 때부터 학교에서 친구랑 친구 옆에 널 보고 돌아오면 동생이나 엄마한테 화풀이해댔잖아. 그땐 친구가 어려워서 그랬는지 네가 만만했는지 가족들이 만만했는지. 그게 정말 많이 후회가 돼. 이제 와 너의 탓을 하는 건 아니고. 그냥. 뭐, 그냥. 그냥 그렇다고.

너무 쏘아대기만 해서 미안해. 나 기회만 있으면 남 탓하는 거 너도 알지? 그런데 나한테는 진짜 많은 부분이 너 때문이야. 나는 내 나쁜 모습들이 너 때문이라고 생각했는데, 내 좋은 모습도 너 덕분이었어. 내가 아무리 너를 미워해봤자 밀어낼 수 없는 작은 방에 같이 지내는 기분이야. 그래서 이제 받아들여 보려고. 이제는 안 미워하겠다고 할 수는 없지만 노력해볼게. 적어도 너를 인정할게. 이 말을 하기까지 너무 오래 걸렸다.

내 모든 결핍들에게

밤
벗

밤을 즐기는 사람들을 좋아한다. 내일을 축내서 오늘의 아쉬움을 희석하는 사람들. 나는 밤이 되면 당신들의 밤도 나 같은지 궁금하다. 당신도 나 같은 새벽 2시 21분을 보내고 있는지. 당신도 지금처럼 어두운 밤에 눈을 감으면 더 선명해지는 것들을 떠올리고 있는지. 아니면 마주보고 있는지, 매만지고 있는지, 안고 있는지, 멀리 던져두고 있는지. 당신도 나처럼 이것들에 대해 서로 꺼내놓고 자랑하고 싶은지 궁금하다.

밤에 하는 생각들은 대체로 농도가 짙다. 고요하게 나를 들여다보는 밤의 시간. 낮에 멍하니 앉아 있을 때는 시간이 자꾸 도망가는 것 같은데 밤에 우두커니 있을 때는 시간이 먼저 찾아와준다. 그렇게 생각의 원액을 달이는 밤에는 하루를 복기하곤 하는데 보통은 후회로 시작해서 좌절로 끝난다. 이 과정이 아플 때가 많지만 고통도 자극이어서 관성적으로 더 큰 고통을 찾게 된다. 밤은 점점 더 길어진다.

하룻밤을 도화지 삼아 후회로 멋지게 채색한 다음 날 아침은 또 다른 후회를 뒤집어쓰며 시작한다. 어젯밤엔 분명 내일부터는 더 나은 사람이 되겠다 다짐했는데, 오늘 아침에 눈을 뜨면서부터는 이미 지각을 피할 수 없는 기상 시간과 찌뿌둥한 컨디션 때문에 어제보다 더 안 좋은 사람이 된 것 같다. 어제 반성의 시간을 가져서 오늘 나는 같은 실수를 반복하는 것이다.

일어날 때 움푹 깊어지는 동해바다처럼 번뜩 눈이 떠지고 잠드는 시간에는 서서히 잠겨 드는 서해바다처럼 오래오래 차근차근 잠들면 좋을 텐데 나는 자꾸 반대로 하게 된다. 아침은 뭉그적거리며 두세 시간이 지나도 잠에서 허우적대고, 밤에는 발을 헛디뎌 첨벙하고 폭 빠져 마취한 것처럼 잠이 든다.

왜 낮의 나와 밤의 나는 이토록 다른 사람인가 하는 고민을 오래 한 적이 있었다. 계절을 관통하는 신념까지는 아니어도 최소한 하루 동안은 생각의 선형이 있어야 하는 거 아닌가 하는 생각이었다. 밤에 생각하는 낮의 내 모습은 지나치게 수단적이고, 낮에 생각하는 밤의 나는 지나치게 이상적이기만 해서 혼란스러웠다. 두 자아가 상호보완적이면 좋았겠지만 너무나도 배타적이었기 때문이다. 어떤 면은 엄마의 모습이고, 이런 면은 아빠를 닮았구나 하고 이해하려 해도 엄마 아빠는 서로 다른 사람인데 그 둘을 섞어서 담아야지, 왜 따로따로 담았나 하는 생각들이 앞서거니 뒤서거니 하는 동안 오늘 밤도 베개는 푹푹 꺼지기만 한다.

내가 낮과 밤의 나를 분리해서 이해하는 작업에 탐닉하는 데 반해, 낮에도 밤의 시간을 보낼 수 있는 사람들도 있었다. 내가 밤을 꼴딱 새워야만 쓸 수 있는 편지들을 낮에 짜장면 먹으면서 쓰는 사람들을 보면 오늘 아침 지각해서 아직 떼지도 못한 눈곱이 부끄러워진다. 내가 내내 밤을 예찬하며 믿어왔던 생각의 어떤 농도가 애초에 조절할 수 있는 거였는지 의심하게 되는 것이다. 그렇게 켜고 끌 수 있는 밤이 내가 향유하는 밤들과 같다고 볼 수 있을까? 다른 사람들은 그 밤들과 낮들을 구분할까? 아니 이쯤 되면 다른 사람이 알고 모르는 것이 중요하긴 할까 하는 생각이 든다. 그럼 나는 이것을 오늘 밤에 해볼 고민으로 남겨두고 또 밤을 기다리게 되는 것이다.

밤에 그린 낮의 그림들과 낮에 적어낸 밤의 반성문들을 구태여 구분할 수는 없지만, 그래도 나는 밤이 되어야만 밤을 보낼 수 있는 사람을 더 사랑할 것 같다. 낮에 스텝이 꼬이면 그 스텝을 풀어내려 바보같이 밤까지 기다려야 하는 사람들. 밤에 쓴 글은 그다음 날 밤이 되어야만 퇴고할 수 있다고 믿는 사람들. 매일 밤 반성을 하고 후회를 하고 또 내일 같은 실수를 하겠지만 더 나은 사람이 되자는 다짐은 밤만 되면 얼마든지 할 수 있다는 이들의 마음을 더 깊이 들여다보고 싶은 것이다. 아닐 수도 있다는 것을 알고도 그냥 그렇게 하는 그들 옆에 앉아 같이 밤을 새우고 싶다. 오랫동안 다닌 사우나의 단골들처럼 익숙하게, 암묵적으로 정해진 자리에서 아무 말도 하지 않고 각자의 모래시계를 바라보는 것. 하루가 얼마나 더러웠는지, 네가 미웠고 내가 잘했는지, 혹은 반대였는지 속으로 생각하며 모래 떨어지는 소리를 듣고 싶다.

동이 터오는 것을 바라보면서 기상 시간까지 얼마나 잘 수 있는지 계산하는 순간의 얼굴은 숙면을 한 사람보다 개운한 표정이다. 지금에서야 길었던 하루를 비로소 마무리하는 것 같은 그 표정. 3시간 뒤엔 지금의 나를 원망하면서 인상 쓰고 일어나겠지만, 밤을 기사식당 밥공기처럼 꾹꾹 눌러 담아 보낸 지금만큼은 세상에서 제일 훌륭한 사람이 된 것 같은 기분이다. 그래서 나는 자꾸 밤만 되면.

웃음은 낮에
유행은 밤에

웃음은 낮에, 유행은 밤에 배우던 시절이 있었다. 나의 십
대 시절은 웃음과 유행만을 좇았다. 아침부터 학교에 가
면 오늘은 어떻게 웃고 웃길까를 고민한다. 친구들 앞에
서 제일 먼저 웃거나 가장 마지막에 웃거나 둘 중 하나였
다. 책상에 앉아 칠판을 보고 있으면 친구들을 웃기는 것
이 그 칠판의 판서보다, 그 위에 적힌 급훈보다도 더 위
에 있었다. 어쩌다 한번 내가 하는 이야기로 친구들이 웃
는 날엔 친구들의 표정과 그때 뱉었던 표현을 곱씹고 행
복에 겨워 하루 종일 그 순간을 복기했다. 학교를 마치고
집에 갈 때는 보도블록 크기에 발을 한 칸, 한 칸 맞춰 걸

으며 비슷한 상황이 오면 또 이렇게, 또 저렇게 말해봐야지 상상했다. 삭막한 교실의 공기를 웃음소리로 채웠던 오늘의 안타를 마음속 액자로 잘 보이는 곳에 걸어놓고 시도 때도 없이 들여다봤다. 그 길에서 들었던 매미 소리, 낙엽 떨어지는 소리, 눈 밟는 소리는 아직도 들리곤 한다.

남들이 다 가니까 불안해서 나도 가야만 했던 학원에서 돌아오는 길엔 라디오를 들었다. 부모님도, 학교 선생님도, 친구들도 해주지 않던 어른들의 이야기와 노래들을 라디오에선 열심히 들려주었다. 밤 10시 언저리에 시작한 라디오는 12시 프로그램, 2시 프로그램을 지나 새벽 2시에 시작하는 한 시간짜리 프로그램으로 이어진다. 그때의 나는 그것 중 하나라도 놓치면 뒤처질 것 같아서 학교 수업 때보다 더 열심히 집중한다. 학원은 안 가도 그런 조바심이 들지 않았지만 라디오에서 들려주는 세상의 말들을 놓친다면 나는 영원히 도태될 것 같았다. 문제집 아래에 숨겨둔 내 진짜 일기장에는 그날의 노래 제목과 노랫말이 빼곡히 적혀 있었다. 그것들은 따로 외우려

하지 않아도 저절로 외워졌다.

밤새 배워간 유행을 낮에 학교에서 보부상처럼 꺼내 놓으면 자리로 친구들이 몰려들었다. 그럼 나는 다 받아 갈 수 있으니 줄을 서라며, 어떤 것부터 들려줄까 하는 너스레를 떨었다. 심장이 방망이로 두들겨 패는 것처럼 뛰었다. 손발이 저리는 흥분을 감추며 찬찬히 어젯밤 라디오에서 보고 들었던 것을 이야기하면 친구들은 낄낄댔고, 그 소리는 몇만 관중의 박수갈채가 되었다. 그런 날의 하굣길은 보도블록 하나하나가 지르밟고 춤을 추는 광란의 무대가 되었다. 아주 훌륭한 사람이 된 것만 같은 기분이 들었다.

엄마 아빠는 이런 것들을 좋아하지 않았다. 낮에 학교에서는 지식을, 밤의 내 방 책상에서는 생각의 깊이를 채우길 바라셨기 때문이다. 그치만 엄마! 세상의 진짜 지식은 라디오에서 알려주고 생각의 진짜 깊이는 친구들의 표정에서 배운단 말이에요. 학교나 학원에서 알려주지 않는 진짜를 배우고 싶어요라는 말은 자꾸 아 알아서 하겠다고요가 되어 튀어 나갔다. 내가 그렇게까지 집착했던 것은 단순히 재미있어서가 아니라 여기에 무언가가 있을 것 같아서였는데. 세상 사람들이 아직 명문화하지 못한 진짜들이 그곳에 있다고 그때는 믿었다. 그 과정에서 부모님께 드리고, 받았던 상처들이 그때도 지금도 많이 후회되지만 다시 돌아가도 그럴 것 같다.

스무 살이 지나고 꿈의 크기와 미련의 크기가 역전되어가는 과정을 넘기면서 그 시절을 자주 회상한다. 꿈의 크기는 점점 작아지고 미련의 크기는 커질수록, 내가 소년일 때 배웠던 낮과 밤의 지식들이 지금까지도 남아있는지 보따리를 뒤적이게 되는 것이다. 담아 두었던 세상의 진짜 이야기 중 나는 지금 어디까지 확인했고 무엇이 남아있는지. 하굣길에 마중 나왔던 보도블록과 친구들의 웃음소리는 여전한지 궁금하다.

어른들은 학창 시절을 이야기하면서 공부는 다 때가 있다고들 하고, 나도 동의한다. 하지만 내 경우를 생각하면 그때가 아니었으면 언제 또 그 열정으로 웃음과 유행

을 탐닉했을까 싶다. 십 대의 질투와 결핍, 세상을 알고
싶은 마음보다 더 강한 동력이 있을까. 6년 남짓한 교복
시절을 자양분으로 평생을 먹고산다. 내가 하고 싶은 일
을 정하고, 더 알아가고 싶은 호기심과 잘하고 싶은 욕심
은 십 대 때 듣던 라디오와 친구들의 웃는 얼굴에서 찾았
다. 가끔 길에서 만나게 되는 교복 입은 친구들에게 내가
뒤늦게 알게 된 것들을 전해주고 싶다. 아니, 사실 제일
먼저 말해주고 싶은 사람은 두말할 것 없이 2000년대 중
반의 소년 문상훈에게.

　너 많이 잘못한 거 아니야. 십 대를 잘 보내지 못하고
있다는 죄책감은 조금 내려놔도 된다. 나쁜 짓 하고 있다
는 생각으로 그 순간들을 즐기지도, 공부를 하지도 못했
잖니. 그럴 필요 없다. 서른이 넘은 지금까지도 너에게서
많이 배우고 있어.
　고민했던 일들의 이유는 잘 기억이 안 나지만 그 고민
을 핑계 삼아 상처를 남긴 부모님의 표정은 영원히 잊히
지 않는다. 술 마실 때마다 생각이 나. 짜증과 불안 잘 구

분하고, 많이 연구하고 많이 공상해라. 여드름 미워할 시
간에 짝사랑 더 짙게, 많이 해라. 무엇보다 스스로를 덜
미워했으면 해. 알겠니. 그럼 안녕.

ㅊㅊ

어릴 때는 아직 간지러워서 못 쓰고, 그 또래가 되면 괜히 싱거워서 안 쓰고, 시간이 지나면 내 것이 아닌 것 같아 못 쓰는 단어. 청춘. 자음과 모음이 옹기종기 모여 있는 모양과 ㅊㅊ이 들어가는 발음 소리, 푸른 봄이라는 뜻까지 어느 하나 아름답지 않은 데가 없지만 도무지 언제 써야 할지 모르겠다. 어렴풋하게 지금이 그 순간이고 스멀 스멀 지나고 있다는 걸 알아도 어떻게 쥐고 있어야 할지는 모르겠다. 아니 애초에 쥐고 있을 수나 있는 건지. 산 정상까지 오르는 발걸음은 지난했지만 내려가기 위해 뒤 도는 순간 기분이 달라지듯, 혹시 지금 내 청춘이 벌써

정상을 지나 하산하는 길인가 하는 마음에 저녁내 뒤숭숭하다.

커가는 길은 힘들고 지루했고, 늙어가는 길은 우울해서 힘이 죽죽 빠진다. 나는 일생에 언제 기쁠 수 있나.

아무리 생각해도 행복이 뭔지 설명하기 어려우니 행복했던 순간을 그대로 재현해보는 것으로 그 기분을 더듬는다. 청춘도 어느 계절을 콕 집어 청춘이라 하기가 어려우니 대충 그즈음의 마음만 기억하려는 것이다. 내 하루는 대체로 울적하거나 아쉬운데 내가 소년이었을 때의 마음들은 지금보다 더 울적하고 아쉬웠어서 그 시절의 마음들이 더 귀하게 느껴진다. 그래서 나는 계속 아쉽고 싶은가 보다. 능숙하고 잘하면 왠지 청춘에서 멀어진 것 같아서. 더 정확히 말하자면 부끄러움을 모르는 능청스러운 모습이 아저씨 같아 나는 계속 부끄럽고 싶다. 어릴 때는 미숙함과 아쉬움을 감추려고만 했는데, 이제는 늘 부족하고, 미숙하고, 또 아쉽고 싶다. 어릴 때는 어른처럼 보이고 싶어 화장을 했지만 크고 나서는 좀더 어려

보이고 싶어 화장하는 마음으로 깊은 곳에 숨겨놨던 소년 시절의 아쉬움만 만지작거리게 된다.

커가면서 알게 된다는 세상 물정과 현실, 한계를 되도록 모르고 싶다. 내 능력으로 안 되는 것과 되는 것을 분간하지 못해서 바보같이 같은 실수를 반복하고 싶다. 나는 아직 많이 부족하다는 말이 겸손의 너스레가 아니라 실제로도 그렇게 믿어서 실패할 때의 데미지가 작았으면 좋겠다. 성공이 어색하고 실패가 익숙하면 좋겠다. 시도해온 일들보다 도전해볼 다음 기회가 훨씬 더 많았으면 좋겠다. 무엇보다도 그런 마음으로 열심히 살다가 내가 나이가 들어 더이상 그렇게 생각하지 못하는 때가 왔을 때 그 이유를 싱겁게 나이나 세월에서 찾지 않았으면 좋겠다. 더 이상 설레지 않는다는 것을 인생의 패배로 여기지 않았으면 좋겠고 도전할 힘도 용기도 없는 것을 굴복으로는 더더욱 여기지 않았으면 좋겠다.

어릴 때는 아직 건지러워서 못 쓰고, 그 또래가 되면
괜히 상거워서 안 쓰고 시간이 지나면 내 것이
아닌 것 같아 못 쓰는 단어.

내가 그런 것이지 나이 든 사람이 전부 그런 것이 아니고, 지금은 잠시 이렇지만 언젠가는 다시 소년의 마음이 될 수 있다고 한참 어린 소년에게 눈동자 밝히며 말할 수 있었으면 좋겠다. 청춘이 하산하는 길도 오르막처럼 땀이 났으면 좋겠다.

이런 아쉬움 없이 어른이란 분류에 안착한 사람들은 안주한다. 어른들은 등산로 벤치에 앉아서, 설레는 심박수로 오르막길 오르는 청춘들에게 겁주기를 좋아한다. 세월은 무상하고 사람들은 모두 변하고 영원한 건 없으니 어쩔 도리가 있겠냐는 게으른 말로 소년들을 위협한다. 영원한 건 없고 변하지 않는 사람들도 없으며 세월이 무상하다는 것은 게을러진 어른들을 위한 변명이 아니라 넘어져도 다시 일어나려는 소년들을 위한 연고 같은 위로의 말들인데, 어른들은 소년의 말도 그렇게 빼앗아간다.

자신을 오래 들여다볼 줄 아는 사람들은 천천히 늙는다. 내 잘못과 부족을 인정하고 반성하는 사람들은 사과도 쉽게 한다. 나이 드는 것과 실수가 줄어드는 것은 상관이 없는데 어른은 실수 안 하는 줄 아는 사람들이 그들의 실수를 감추려고만 하니 도리어 실수도 더 많이 한다.

베갯머리에서 하루를 반성하는 사람들은 남들이 모르는 내 못난 모습도 숨기지 않고 받아들인다. 그런 밤들은 세포들이 노화하지 않고 성장한다. 속상하면 속상하다고, 내가 질투가 났다고, 미안하고 내가 부족했다고 말할 줄 아는 사람은 언제나 소년이다. 나는 매일 미숙하고 질투해서 오늘도 미안하다고 말할 수 있는 가장 어린 시절의 소년으로 오래도록 남고 싶다.

너한테

실망했어

너한테 실망했어라는 말을 들을 때마다 기절할 것 같았
다. 듣고 싶지 않은 말 중에서도 가장 듣기 힘든 말이었
다. 실망했다는 건 나에 대한 기대가 있었다는 것이고 다
른 사람의 기대를 먹고사는 내게 그 사람의 기대가 꺾였
다는 건 매달려 있는 사다리 다리를 걷어차는 것인 걸. 높
은 곳에서 떨어지는 꿈보다 실망했다는 말을 듣는 꿈을
꾼 날의 베개가 더 축축했다. 그런 아침은 온몸이 저릿해
서 하루 종일 조심하곤 했다.

어른들에게 혼이 날 때나 친구와 말다툼으로 투덕거
리는 동안에도 실망했다는 말을 들으면 그 순간 뇌가 흔

들리고 앞뒤 상황이나 문맥 없이 미안하단 말이 먼저 나온다. 오해가 있다고, 잘잘못을 따지자면 내가 먼저 잘못한 것은 아니라고 하고 싶은 마음은 미뤄두고 실망이란 단어를 듣기 힘들어서 냅다 사과부터 하게 된다. 사이가 좋지 않았던 사람이어도 내게 실망했다고 말하면 이 사람이 사실 나를 좋게 보고 있었는데 내가 그 기대에 부응하지 못했다는 자책을 시작하는 것이다. 실망이란 두 글자는 불안해서 내가 먼저 스스로 채워버리는 수갑 같았다.

모나고 모난 나는 경계심이 심해서 그런지 잘 모르는 사람은 대개 안 좋아한다. 다만 그 사람이 내게 조금이라도 호감을 표현하면 경쟁이라도 하듯이 먼저 더 많이 그에게 정을 퍼주곤 한다. 속으로 안 좋아했던 그 잠깐이 미안해서 그만큼 더 많이 좋아하게 된다. 내가 어떤 사람을 좋아할 때 대부분의 이유는 나를 좋아해 준다는 것이다. 컹컹대고 경계하다가 가까이 가면 꼬리가 부러질 듯 흔들어대는 시골 진돗개를 볼 때마다 꼭 나 같다고 생각한다.

내가 사람을 대하는 첫 번째 기준이 그 사람이 가진 나에 대한 기대에 부응하기 위해서다 보니 스텝이 자꾸 꼬였다. 그때는 실망했을 때가 서로를 알아가기 가장 좋은 순간이라는 것을 몰랐다. 실망은 그 사람에 대한 업 앤 다운 게임에 불과하다. 나라는 숫자를 맞추기 위해 업 다운으로 영점을 향해가는 것뿐인데, 나는 상대가 외치는 다운이 무서워 내 숫자를 바꿔갔다. 나를 너무 좋게만 보는 것은 나를 나쁘게만 보는 것만큼 안 좋다는 것을 몰랐다. 나를 한없이 좋게만 봐주면 좋겠다고 생각했다. 그래서 원래의 나보다 좋게 보는 것은 내버려 두고 나쁘게 보는 것을 바로 잡기에만 급급했다. 서로에게 현명하게 실망하는 것이 중요하다는 것을 그때는 몰랐다.

나는 학창시절의 반 이상을 부모님께 잘못한 나는 내가 아니라는 것을 증명하는 데에 허비했다. 그만큼 발전도 더뎠고 부모님께 더 큰 실망을 안겨드렸다. 첫 중간고사를 잘 못 봤을 때, 거짓말한 것이 들켰을 때, 입시에서 원하는 결과를 얻지 못했을 때, 진로를 다른 방향으로 잡

높은 곳에서 떨어지는 꿈보다
실망했다는 말을 듣는
꿈을 꾼 날의 베개가 더 축축했다
그런 아침은 온몸이 저릿해서
하루종일 조심하곤 했다.

기로 했을 때 모두가 내 모습인데 나는 부정하느라 바빴다. 그런 결과들을 인정하기에 당시의 나는 너무 작았다. 지금도 그렇지만.

누군가에게 실망감을 안겨 주었을 때 내가 먼저 해야 하는 것은 기대에 못 미친 나도 나라는 것을 인정하는 것이다. 잘 나온 사진만 내 얼굴이 아니듯이 기대에 부응한 나만 내가 아니라는 것을 직시해야 한다. 실수했을 때의 나를 부정하면 앞으로 실망할 일만 있다.

어떤 분야에서 실력 있는 사람의 조건 중 하나는 내 실력이 부족할 수 있음을 인정하는 것에서 시작한다고 믿는다. 상대방을 실망시켰을 때 더 자신을 객관적으로 내보일 수 있겠다고 생각해야만 그 관계를 더 돈독하게 할 수 있다. 그렇기 때문에 스스로에게 실망할 때가 더 나은 내가 될 수 있는 기회가 된다. 나에 대한 기댓값과 다른 결과가 나왔을 때의 좌절감은 익숙해지지 않지만, 오히려 더 정확한 값을 위한 판단 기준이 될 수 있다고 혼잣말을 삼키기로 한다. 업다운 게임은 적은 시도로 정답을 맞히는 것이 중요하다. 하지만 더 중요한 것은 정확한 숫자를 알아내어 필요할 때에 외치는 것이기 때문에 나는 매일 스스로와 상대방에게 실망하고 실망시키며 답을 찾아갈 것이다.

2부

시인

불쌍한 것들은
안아주고 싶어지니까

그 예쁜 모양의 돌들 때문에 이제는
죽는 것이 겁이 난다

우리는
너무 쉽게 행복을

편지 2

기다린다 해놓고
기다린 적 없었다

시력이 안 좋아도
안경을 쓰지 않는 사람

시
인

서점에서 유난히 얇은 시집을 보면 시인이 얼마나 하고
싶은 말이 많았는지 생각하게 된다. 하고 싶은 말일수록
하지 않는 성격의 사람들이 시간이 가는지도 모르고 시
간을 달이고 달여 한 방울로 만들어 내면 그것이 한 행이
다. 그동안 사랑도 인생도 건강도 그 한 방울에 같이 녹아
지는지 모르고 허리가 다 굽도록 손목이 삭도록 부채질
하고 살려낸 부뚜막 불씨를 보며 드는 생각을 또 종이에
적어 또 주머니에 넣어둔다. 그래서 시집은 너무 뜨거워
맨손으로 냉큼 잡을 수가 없다.

피나 시체처럼 보기 힘든 것들에는 시청에 주의를 요
한다고 경고하고 희미하게 보여주는데 시인들의 시에는
모자이크 하나 없다. 그래서 나는 자꾸 반복해서 읽게 된
다. 시인들이 반점 하나 온점 하나에 몇 번이고 계절을 지
웠다 다시 쓰는 동안 나는 시집을 통째로 덮었다 펼쳤다
추천했다 인용했다 그 지랄을 한다 맡겨놓은 것처럼. 시
인들이 거리에서 시들을 줍고 파내고 쓸어오느라 다 닳
아 없어진 손을 비누로 닦고 내게 악수를 청하면 나는 그
악수를 하고 나서 손을 닦는다.

인생이 영어로 LIFE라고 배우는 것에는 보험도 해지
하고 돈 갖다 주면서, 인생이 달콤했다고 미웠다고 아니
면 여기 옮겨 적어 놨다고 죽어가며 알려주는 시인에게
는 국물도 없다. 시집은 종이 값인데. 수요와 공급 어쩌고
가격 책정 어쩌고 하는 단가 계산에 시인의 인생은 없다.
수요만 있고 공급이 없어도 모자랄 판에 수요는 없고 공
급만 있는 시·문학 매대에서 기웃거릴 때 어떤 아저씨가
자기 시집인데 그 시집 살 거면 사인해줘도 되냐고 물은

적이 있었다. 분명 자기가 쓴 시집에 사인을 해주겠다는
건데 사인 받는 사람의 표정으로 조심스레 수줍게. 나는
그날 집에 와서 자기 전까지 아무 말도 하지 않았다.

시인은 술도 밥도 그냥 먹지 않고 비도 허투루 맞지 않
는다. 시인은 사람들이 피하는 눈과 비와 해풍도 동해 오
징어처럼 처절하게 얼리고 녹이고 말리는 데 쓴다. 글씨
쓸 줄 알면 글도 써지는 줄 아는 사람들 사이에서 한글로
시를 쓴다는 것은 앞이 보이지 않는 사람에게 검은색을
설명하는 일. 검은색도 빛을 본 적이 있는 사람들의 표현
이고 검은색은 반사해낼 빛도 없는데 시인은 설명을 포
기하지 않는다. 눈 감은 채로 밤새 설명하고 또 설명한다.
그래도 설명이 안 되면 시인은 제일 크게 운다. 그 눈물에
눈이 멀 정도로.

시인의 가족들에 대해서 생각한다. 성직자의 가족들
은 자식을 신에게 봉헌했는데 시인의 가족은 시인을 어
디에 두고 왔길래 시인이 시를 쓰게 됐을까. 시가 된 가족

글씨 쓴 줄 앞면
글도 써지는 줄 아는 사람들 사이에서
한글로 시를 쓴다는 것은
앞이 보이지 않는 사람에게 검은색을 설명하는 일.

들은 자신이 시가 되는 것을 운명처럼 생각하게 됐을까. 인생이란 영화가 끝나고 역할과 이름이 올라갈 때 다른 배우들은 행인2 옆에 자기의 이름이 적히는데 시인은 시인3 옆에 시인이라 적힌다. 평생을 부대끼며 살아도 시에게 미안해하는 사람들이어서 시인 옆의 숫자를 나눠 갖는다.

락커는 락이 돈이 되는 것을 보여주겠다고 싸우고 영화감독은 평단과 관객 수와 싸우고 직장인들은 월급을 위해 싸우는 동안 시인은 시와 자신과 싸운다. 시인은 나와, 또 다른 나와, 시가 각자 편을 먹고 한 글자 단어 해 달 별 눈 밤 혀 침 꿈 잠 술. 그리고 나, 서로 피터지게 싸운다. 시인을 뺀 나머지는 전부 무언가를 위해 싸우는데 시인은 그냥 싸운다. 그게 많이 죄송하다 감히.

직업들을 이야기할 때 운동선수 작가 가수 기자 배우 감독 화가. 그런데 시인은 시 뒤에 사람 인자 하나 붙는다. 시인. 세상의 맨 처음 시인이 시 쓰느라 바빠서 이름 생각할 새도 없이 그냥 시 뒤에 사람 하나 붙였나 보다.

그 다음 시인들도 시 쓰느라 바빠서 그냥 그렇게. 시인들은 그런 종류의 사람이지 않을까 한다.

그래서 나는 시인들이 시 쓰느라 바빠서 못하는 것들을 내가 나눠서 해주고 싶다고 생각한다.

불쌍한 것들은
안아주고
싶어지니까

내 감정을 다른 사람들에게 공감받는 것에 대해 새벽 같
은 갈증을 느꼈던 밤들이 많았다. 나는 그것만이 필요했
다. 내 안의 정서와 윤리의 백혈구들이 나쁜 감정들과 얼
마나 열심히 싸워왔는지, 그러는 동안 내 몸이 얼마나 뒤
틀렸고 얼마나 달아올랐었는지 알아주는 사람에게 내
모든 순정을 바치고 싶었다. 나는 나를 아름답게 봐주기
보다 짠하게 봐주는 사람이 더 좋았고 나아가 나를 불쌍
하게 여기는 사람만을 사랑했다.

　아름다운 것들에는 보통 눈으로만 보세요라고 적혀
있지만 불쌍한 것들은 안아주고 싶어지니까. 불쌍히 여

기는 마음은 공감하는 마음 중에서도 맨 꼭대기에 있는 거라고 믿었다.

내 마음을 알아준다면 내 전부를 아는 거야. 반대로 내 속에서 내가 나와 얼마나 힘들게 싸우고 있는지를 몰라준다면 우리는 더 이상 사랑할 수 없을 거야 하는 말을 협박처럼 하던 적도 있었다. 그런 말은 하는 동안에도 미안했다.

나는 대체로 혼란스러웠다. 열꽃처럼 떠오르는 내 감정들을 여과하지 않고 표현하면 주변 사람들을 아프게 하는 경우가 많았다. 우리 가족이 제일 먼저 힘들어했다. 아니길 바랐지만 내가 척추반사처럼 떠올리는 감정들은 대개 방향과 농도 모두가 옳지 못했던 것이다. 그때부터 내가 생성하는 감정의 호르몬들이 대체로 나쁘다는 결론을 내리게 되었다. 뇌와 입을 거치기도 전에 저절로 드는 생각들이 그 모양이라는 걸 알게 된 후부터는 길고 긴 좌절의 밤들이 시작됐다. 다른 사람에게 티낼 수 없는 보균자가 된 기분이었다. 가까이 오지 마세요. 저는 나쁜

아름다운 것들에는 보통
눈으로만 보세요 라고 적혀있지만
불쌍한 것들은 안아주고 싶어지니까.

감정과 생각이 있는 사람입니다. 스스로를 사람들 사이에 두지 않고 격리해 두어야만 했다. 감정들이 썩기 시작했다.

바이러스 같은 감정들이 곪아 냄새가 나기 시작하면서, 나는 원래보다 더 안 좋은 꼴을 보이는 날들이 많아졌다. 보균자에서 슈퍼 전파자가 된 기분이었다. 스스로 주홍글씨를 새겨야만 했다. 나는 원래 이렇게 생겨 먹은 놈이니 받아들이려면 받아들이고 아니면 치우라는 협박을 더 자주 들이밀었다. 그러려면 내 감정을 납득시키는 것이 선행되어야 했다. 그러지 않으면 나는 내가 속한 모든 공동체에서 쫓겨날 것 같았기 때문이다. 그 과정에서 주변에 동의받지 못한 감정들은 술에 절여서 폐기처분 되었다. 그 과정은 한 번도 빠짐없이 고통스럽고 먹먹했다.

내 감정을, 그리고 거기서 기인한 거친 표현과 오해들을 납득시키기란 배가 얼마나 부른지 윗도리를 들어 올려서 보여주는 것보다는 복부 엑스레이를 찍는 것에 가까워서, 가장 북받친 상황에서도 가장 논리적으로 설명해야 했다. 내가 먼저 합리와 이성의 젓가락으로 내 감정들을 갈치처럼 일일이 헤집고 발라냈다. 사랑하는 사람을 직접 부검하는 것처럼, 내게는 쳐다보기도 아까운 기분들을 늘어놓고 잘라내서 무게를 재고 검사를 받는 과정이다. 나도 모르게 삐죽 튀어 나간 날카로운 말들을 해명하기 위해 스스로 목격자가 되어 유년 시절의 괴로운 기억이나 콤플렉스를 진술해야 했다. 내 몸속 어디가 꼬여있고 어디가 뭉쳤는지 내 몸을 직접 갈라 확인시키는 것이다.

내가 가진 심리적 방어 기제들도 수십 바늘 꿰매고 난 후에야 알게 된 것들이다. 조금이라도 덜 아프려면 효율적으로 솔직해지는 방법 말고는 없었기 때문이다.

좋아하는 마음은 더 은은할수록 아름답다지만 서운한 마음은 가장 적나라하게 파헤칠수록 잘 전달된다. 나는 반대가 좋은데. 나를 좋아하는 이유는 가장 구체적으로, 나를 싫어하는 이유는 은은하게 돌려서 듣고 싶은데 자꾸 반대로 해야 된다. 팔다리가 찢어진 상황에서도 차분함을 잃지 않고 내 감정들을 공항 검색대 위의 짐처럼 바리바리 다 꺼내 놓아야만 이해 받을 수 있다는 사실이 아직도 매번 서글프다. 그럼에도 꺼내 놓아야 한다. 사랑하는 사람일수록 오해 없이 잘 설명하려면, 내 감정의 경위서를 먼저 작성하고 그 마음들을 공감 받으려면, 그렇게 해서 조금이라도 더 가까이 지내려면. 아 나도 굳이 설명하지 않아도 납득 가는 수준의 감정으로만 세상을 살고 싶다.

이제 좀 설명이 됐니.

그 예쁜 모양의
돌들 때문에

이제는
죽는 것이 겁이 난다

너에 대해 생각할 때마다 좋은 기억들뿐이다. 짜증이 나고 지겹고 서로가 미운 순간이 많았을 텐데 아무리 생각해도 그 표정들은 기억나지 않고 웃는 얼굴만 생각난다. 관계가 끝난 지금이 그때의 우리 모두 남기보다는 떠나고 싶어 했다는 증거인데 시간이 지나고 나니 그 시절들조차도 절절하고 아름답게만 포장되어 있다. 싫었던 기억들은 자꾸 지워버리고 사랑했던 기억만 뇌에 새겨 놓는 과정도 본능인가 보다. 어떤 기준으로 지우고 새기는지는 모르겠지만 지금 일상에서의 힘든 순간도 시간으로 숙성되면 언젠간 달콤해지겠지 정도를 위안으로 삼는다.

죽음을 생각했던 시절이 있었다. 사는 게 너무 힘들어서 이럴 거면 죽고 싶었다기보다, 이곳도 나쁘지 않지만 저곳도 괜찮겠다는 생각이었다. 보고 싶은 사람이 있는 곳, 사랑하는 사람이 있는 그곳에서는 다시는 헤어지지 않고 영원히 지낼 수 있으니 지금 떠나도 미련 없겠다 생각했다. 사랑하는 사람이 보고 싶은 것도 있지만 정확히는 헤어졌던 과정을 다시 겪어낼 자신이 없었기 때문이다. 가만히 서 있는 것도 다리에 힘을 주고 있어야 하는 이승보다 구름 위에서 둥둥 떠다닐 수 있는 하늘나라에서 얼굴 맞대고 같이 살고 싶었다. 그런 말들을 습관처럼 하던 때에는 옆에 있는 사람들 보다 떠나간 사람들 생각을 더 많이 했다. 떠나간 이들에 대한 기억은 한없이 아름답기만 한데 내가 기억하는 것이 맞는지 대조해서 물어볼 수도 없으니 그냥 그랬다고 남겨둘 수밖에 없었다. 그래서 더 그립기만 했다.

미워했던 사람의 이름도 시간이 지나고 자꾸 꺼내 보면서 눈에 익는다. 그 사람에 대한 어떤 모양의 감정이든 그 시절 내 마음 한편에 자리하고 있던 것이 고마워지기까지 한다. 그래서 자꾸만 기억하게 된다. 그해 연도의 숫자와 당시 내 기분을 맞춰가면서 미운 기억을 만지작거리다 보면 둥글게 닳는다. 뾰족해서 아팠던 기억도 점점 둥그러지면서 원래 예쁘게 수집해 놓은 동그란 모양의 좋았던 기억과 닮아간다. 결국 내 기억의 주머니엔 비슷한 모양의 동그란 돌들만 있게 되는 것이다. 나는 이것이 너무 무섭다. 그 예쁜 모양의 돌들 때문에 이제는 죽는 것이 겁이 난다.

내가 만약 죽기 직전에 삶에 대한 미련이 크다면 그것은 쌓아 놓은 돈이나 남겨둔 가족들 때문이 아니라 그 돌들이 너무 아름답기 때문일 것이다. 좋았던 기억은 좋아서 동그랗고, 불행했던 기억은 자꾸 매만져서 동그래진 그 돌들. 원래 모양이 어땠는지 구분할 수 없다. 무엇을 두고 가고 무엇을 들고 갈지 구분이 되지 않는다. 다 들고 가고 싶은데 내 힘으로 들 수 없을 만큼 많다. 그 기억을 하나라도 두고 가야 한다는 사실을 생각하면 죽기가 싫다. 당장 내일 죽는다고 해도 삼십 년 남짓의 웃고 울

좋았던 기억은 좋아서 동그랗고,
불행했던 기억은 자꾸 매만져서 동그래진
그 돌들.

었던 기억들이 아까워서 죽기 싫은데, 시간이 오래 흐르고 난 뒤에 죽는다면 얼마나 슬플지 벌써부터 무섭다. 내가 죽는 순간도 시간이 조금만 지나면 좋은 기억이 될 테니 그 기억까지 가져가고 싶다. 더할 나위 없이 소중한 내 모든 기억들.

내가 가진 기억들도 이런 지경인데 주변 사람들의 기억 주머니에 내가 자리 잡고 있을 것을 생각하면 눈앞이 깜깜해진다. 의도와 다르게 내 기억들이 너무 무거우면 어떡하지. 그래서 그들이 내 기억을 너무 자주 들여다보면 어떡하지. 그것이 그들을 슬프게 하면 어떡하지.

나는 내 친구들을 오래 기억하고 있지만 그들은 나를 금방 잊었으면 좋겠다. 내가 더 이상 이 세상에 없어서 그들이 가진 나에 대한 기억이 좋은 기억이 맞는지 서로 확인할 수 없는 건 너무 슬프니까 나는 쉽게 잊혔으면 좋겠다. 그들에게 나는 가끔 생각나서 잠시 웃더라도, 다시 잊히는 기억이면 좋겠다. 그들은 아니어도 나는 기억하고 있으니까. 이것을 생각하면 섭섭한 마음보다도 슬프다.

뜨는 해를 다시 볼 수 없어 통곡했던 조르바처럼 내 곱고
미운 모든 기억이 죽을 때까지 많아질 것이라는 사실이
나는 벌써 슬프다. 그래서 죽는 것이 무섭다.

우리는
너무 쉽게

행복을

행복을 바란다는 말을 더 조심해야겠다는 생각을 자주
한다. 행복이라는 가치 앞에서 헐값에 팔리는 애타는 마
음들을 본 적이 있다. 내 이십 대의 행복은 주변 모두를
불행하게 했다. 내가 나의 행복을 추구할수록 아버지의
건강은 나빠졌다. 몇 년간을 괴로워하며 서로가 납득할
만한 행복이 있지 않을까 찾아봤지만 그런 것은 없었다.
그때 내 행복은 죄책감을 수반한다는 것을 알게 되었고,
나는 아버지보다 더 불행해졌다.

　누군가에게 무언가를 바랄 때, 그 이유가 너의 행복이
라는 말은 종교 전쟁의 이유처럼 강력한 명분이 된다. 성

스러운 전쟁이라고 자칭하는 종교 전쟁이 무서운 이유는 내가 행하는 악이 선이라고 믿기 때문이라고 생각한다. 우리가 상처를 주고 나서 아련한 표정으로 자주 뱉는 〈너의 행복을 위해서〉라는 말은 너무나도 쉽게 착한 표정으로 가닿는다. 당사자가 원하는가 원하지 않는가는 이미 중요하지 않다. 너의 행복을 위해서니까. 심지어는 괴로워하는 당사자를 보고도 주변에서는 말하는 사람이 아니라 들은 사람을 타이른다. 너의 행복을 위한 거라니까 힘들어도 좀 참으라니. 그 말들이 내 행복을 방해하는데. 그렇게 옆에서 거드는 사람들은 철이 없어 아직 모른다는, 어려서 그렇다는 이해하는 듯한 너그러운 표정의 독선을 숨기지 않는다. 좋을수록 우리를 더 멀리 쫓아내는 그 단어. 행복.

내가 자신 있게 설명할 수 있는 행복은 많지 않다. 행복했던 기억 속에서 내가 했던 행동이나 상황을 재현해볼 뿐이지 행복한 감정은 늘 지나고 나서야 깨닫는다. 웃음이나 즐거움의 호르몬이 나오는 것을 보고 쉽게 행복이라고 여기지 않는다. 시간이 지나고 문득 행복했었구나 하고 떠오르면 그것이 행복이다. 그래서 행복은 늘 결과론적이다. 정의 내릴 수 있는 사람도, 지금이라고 짚어줄 사람도, 확실하게 보여줄 수 있는 사람도 없는데 우리 모두는 너무 쉽게 행복을 바라고 강요해 온 것은 아닐까.

인생의 목적이나 태어난 이유 같은 것들을 말할 때 반드시 빠지지 않는 행복이 어쩌면 가장 많은 사람들을 불행하게 만들었을지도 모른다고 생각하는 염세적인 사람이 되었다. 우리는 너무 쉽게 물질만능주의 같은 부정적인 것의 반의어로 행복하면 됐다는 말을 해왔는지도 모른다. 과정이야 어찌됐든 결과가 돈도 아니고 비겁한 승리도 아니고 행복이라니, 행복이라는 깃발 아래에서 우리는 그 과정을 전혀 신경 쓰지 않아도 되는 지경인 것이다. 행복은 결과나 과정과 상관없이 맨 앞에 있는 우선순위가 된다.

우리는 어떤 주장을 할 때 근거로 내세우기 창피한, 천박하고 옹졸한 이유들을 모두 행복이란 단어로 쉽게 치

나는 이걸 너무 늦게 알아버렸다.
그래서 행복하지 못한 적이 많았다.
이제 나는 그 누구의 행복도 바라지 않는다.

환하곤 한다. 입시 학벌 직업 돈 명예 모두 행복이라는 아름다운 이름으로 포장된다. 이유는 사실 집값인데 더 나은 환경에서 행복하기 위해. 사실은 부모의 자아실현을 자식에게 무리하게 투영하는 것인데 자식이 보다 행복한 삶을 살게 하기 위해. 사실은 다른 사람에게 우러러보이고 싶은 열등감의 발로인데 행복하기 위해서라는 이유를 쉽게 들이밀고야 만다. 이미 너무 많은 선을 넘었다고 생각한다.

내가 기억하는 내 평생 동안 행복을 대단한 것으로 여기고 추앙하다 보니 행복에 대해서 어렴풋한 한 가지를 알게 되었다. 지금 행복한지를 되도록 떠올려보지 않는 것이다. 공부를 하다가 내가 지금 집중을 하고 있구나라고 깨닫는 순간이 집중이 끝난 순간인 것처럼, 행복이 모든 것을 해결해줄 것처럼 맹목적인 태도를 갖지 않는 것이 좋겠다. 타인의 행복이라면 더더욱 그렇다. 내가 다른 사람의 행복에 영향을 줄 수 있는 가장 좋은 방법은 타인의 행복에 대해 왈가왈부하지 않는 것이다. 나는 이걸 너무 늦게 알아버렸다. 그래서 행복하지 못한 적이 많았다.

이제 나는 그 누구의 행복도 바라지 않는다.

편지 2

처음 너의 이름을 알게 되고 종이에 적어 머리맡에 두고
잠이 들었다. 그다음 날부터 나는 우리가 만난 것이 너무
나도 운명 같다고 생각했어. 얼른 내 인생을 남김없이 네
게 쏟아붓고 싶었지. 젊음의 본질이 낭비하고 불태우고
후회하는 것이라면 그 젊음을 한 방울도 남기지 않고 너
에게 들이붓고 싶었어. 시간이 날 때마다 너에게 날 사랑
하느냐고 입버릇처럼 물었지만 사실 대답을 들어본 적
은 한 번도 없었던 것 같아. 내게는 대답이 중요한 것이
아니라서 내 목소리가 네게 닿을 수 있다는 사실만으로
도 황홀했어. 그런 날은 미소 띤 채로 잠에 들던 날들이

많았다.

　네게 들려줄 재미있는 이야기들을 찾아내기 위해 새벽이면 길을 나섰어. 새벽의 길거리에는 사람들이 아무렇게나 펼쳐놓고 간 이야기들이 많았거든. 그때의 나에게는 정말 그것만이 필요했어. 나는 아기의 웃음이나 담배 연기, 연인의 키스 같은 것들을 가리지 않고 탈곡기에 넣어 이야기 낟알들을 주웠다. 너는 좋다는 말도, 싫다는 표정도 짓지 않았지만 나는 주머니에 가득한 이야기들만 만져도 행복했어.

　내 모든 판단의 기준을 너로 두고 싶은데 그래도 되는지 허락받은 적 없었다. 재미있고 재미없고, 좋고 싫고, 옳고 그른 것들의 모든 공증란에 너의 이름을 적어서 제출했다. 검토하지 않고 OMR 카드에 적어내는 불안한 짜릿함이 즐거웠다. 그랬던 나도 짓궂었는데 대견하게도 너의 말은 늘 맞더라.

　그날이 기억나는지 궁금해. 우리 이제 사람들 앞에 서보자고 했을 때. 그때 우리가 손을 잡았는지 아니면 내 손

그때의 나에게는 정말 그것만이 필요했어
나는 아기의 웃음이나
담배 연기, 연인의 키스 같은 것들을
가리지 않고 탄주기에 넣어
이야기 난알들을 주웠다.

에 땀이 너무 많이 나서 네가 먼저 손을 놓았는지는 기억나지 않아. 하지만 길거리에 서있던 우리를 아무도 쳐다보지 않았어도 나는 네가 너무 자랑스럽고 멋져서 눈물이 찔끔 났었어. 이제야 털어놓아서 미안. 아무튼 그때부터 널 다른 사람들에게 소개해줄 때면 늘 나는 웃음을 참거나 눈물을 참았어야 했어. 희한하게도 그렇더라. 너와 내 모습이 지금도 그대로 남아있는 거 알아? 그때 내 표정을 보면 지금도 나는 벅차고 설레. 환갑이 다 되어 낳은 자식이 교복 입은 모습을 보는 부모님의 마음이 이런 마음이야.

네게 부끄럽지 않은 사람이 되어야 한다는 생각을 자주 해. 너한테 어울리는 사람이 되어야 한다고. 네 이름 옆에 내 이름을 같이 적어내도 어색하지 않기를 기도도 하고. 그것이 매일 나를 열심히 살아가게 해. 고마워. 아침잠 많은 내가 아무리 피곤해도 일어나게 해주고 오래오래 천천히 늙을 수 있도록 영양제도 열심히 챙겨 먹게 해. 그런 것들이 버겁다는 생각보다 이렇게 하루하루를 열심히 살다 보면 인생을 두고 봤을 때도 후회가 적겠다는 생각이 들어. 어떤 것보다 가장 큰 동기가 돼. 사람들이 가족 행복 돈 명예 지위 같은 인생의 목적들을 고민할 때 나는 주저 없이 너를 이야기할 수 있게 해줘서 고마워. 이 마음을 너는 모르지.

가끔 그런 질문을 하곤 해. 너를 사랑이라고 부를 수 있을지. 설명하기 어려운 감정들은 보통 사랑과 미움 둘 중 하나거나 둘 다인 경우가 많던데 말이야. 우리는 뭐라고 할 수 있을까. 이 답을 억지로라도 내리려 짧지 않은 시간을 들여왔는데 이제는 그 고민을 좀 덜 하려고. 가능한 한 늦게 내리거나 굳이 서두르지 않으려고 해. 모든 고민이 그렇듯 어떻게든 되겠지.

어떻게 살아도 후회만 남을 청춘의 시간을 너와 보낼 수 있게 해줘서 고맙고 또 고맙다. 내 모자란 행동들로 가까운 사람들을 잃어버리고 떠나보내도 곁을 지켜줘서 고마워. 언제나 돌아보면 늘 같은 자리에 있는 네가 얼마나 단단한지 모르지. 나도 내가 먼저 어디 가지 않을게.
우리 되도록 슬픈 노래를 부르기보다는 많이 웃자. 웃는
게 제일 좋은 거라는 것을 네가 알려주었잖아. 나는 네가
제일 웃겨. 의심하지 않아도 돼. 나한테는 언제나 네가 최
고야. 고마워.

내 영혼이자 오랜 친구

빠더너스에게

기다린다 해놓고
기다린 적 없었다

기다림에는 별다른 게 필요 없다. 돌아오겠다는 사람이
나 약속이 없어도 된다. 기다림은 기다린다는 그 마음만
으로도 기다리는 중이 된다. 올 때가 된 것도 아니고 오겠
다고 한 적도 없는데 기다리고 있다면 내가 더 반갑지 않
을까 하는 마음에 더 열심히 기다리게 되는 것이다. 오지
않는 것들을 기다리는 동안엔 시계 초침이 움직이는 것
을 쌀알 세듯 세게 된다. 시간이 흐르는 것을 고스란히 온
몸으로 느껴내는 것이다. 그래서 남겨진 것들의 시간은
떠나간 사람의 시간보다 더 자세하다. 우리는 남겨질 때
더 자세히 우리를, 감정을, 그 장면을, 틀어진 옷매무새

를, 손톱의 거스러미를 들여다볼 수 있다. 기약 없는 기다림이 길어질수록 그 대상을, 대상과 나의 관계를 반추해볼 수 있는 것이다.

그런데 나는 그러지 못한 때가 많았다. 아프면 도망가고 지루하면 일어나고 안 오면 찾아가고 울음은 절대로 참지 않았다. 기다린다 해놓고 기다린 적 없었다. 나는 이것이 늘 부끄러웠다. 단 한 번도 기다리는 그 시간들을 온전히 받아들인 적 없었다. 남겨진 것과 떠나는 것 중에서 늘 떠나는 편이었다. 심지어는 언제고 기다리겠다는 말을 하는 스스로에게 도취했다. 내게 있어 떠나감이나 남겨짐은 어떤 중요한 선택이 아니라 자랑하고 싶은 취향에 가까웠기 때문이다.

그렇게 서둘러 떠나온 모든 것들에게 제대로 된 인사 한번 한 적이 없다. 남겨진 사람들의 마음을 알지 못했기 때문이다. 이불의 시원한 곳만을 본능적으로 더듬는 여름밤처럼 조금이라도 미지근해지면 가차 없이 떠났다. 쓸모없는 것들도 눈에 보이면 가져오는 약탈자가 되어 남겨진 사람들의 쓸쓸함까지 가져왔다. 그들의 쓸쓸함은 내 전리품이었다. 남겨진 곳에서 기다리던 사람들은 아직 그곳에 있느라 이런 사실도 몰랐을 것이다.

돌아보지도 못하고 멀리 떠나온 후에야 온몸으로 시간을 다 감내해야만 삼킬 수 있는 일들이 있다는 것을 알았다. 성적과는 관계없이 매일같이 제시간에 등교해야만 받을 수 있는 개근상처럼 요령이나 재능으로 적당히 삼켜지지 않는 감정들은 그 밤들을 뜬눈으로 보내야만 비로소 소화할 수 있었다. 나는 나를 힘들게 했던 기억과 감정들에서 멀리 도망쳤다고 생각했지만 하나도 정리되지 않았다. 통조림처럼 부패가 시작되는 순간만 유예될 뿐 고스란히 남겨져 있는 것이다. 나는 그것들을 진정으로 받아들이고 이겨내려면 도망가지 않고 그 자리에서 기다렸어야 했다. 벗어났다고 믿었던 기억들은 오늘 밤에도 습관처럼 찾아와 잠을 깨운다.

내 열등감을 감추기 위해 상대방에게 상처를 줘놓고 들킬까봐 화가 난 척한 적이 있다. 끝내 사과하지 못했다.

시간이 지나고 나서는 그건 정당한 분노가 아니었을까 슬금슬금 생각하려고도 했다. 그때도 미안했는데 지금은 더 미안하다. 남들은 모를 거라 생각해서 사실 나는 멋진 사람인 척 주변과 스스로를 속였던 적도 있다. 지나고 보니 그때 모두가 알았다. 내가 부족한 사람인 것을. 그런데 나 빼고 모두가 모른 체 해 줬다. 광장에서 나체로 넘어지는 기분이었다. 회상하는 것만으로도 귀가 빨개진다. 부끄럽고 고맙고 그렇다.

널 위해 죽을 수도 있다는 사랑을 해놓고 남이 된 것도, 효도하겠다 해놓고 먼저 보내드린 기억도 습관처럼 생각난다. 나는 아직 어리다고, 어려서 감당하기 어렵다고 울면서 몸만 겨우 빠져나와 여기까지 떠나왔다고 믿었지만 한 걸음도 벗어나지 못했다.

나는 다시 그곳에 남겨져서 요란하게 떠나간 이들의 어수선한 빈자리를 조용히 정리하는 마음을 배워야 한다. 누가 마시던 잔인지 누가 깬 그릇인지 찾지 않기로 한다. 아쉬운 마음들을 술처럼 흘린 바닥을 쓸어내고, 오고

간 사람들의 얼굴이 아직 묻어 있는 테이블을 흔적 없이 닦고 또 닦아내는 것까지가 어제의 완성임을 이제는 알기로 한다. 그래야만 새로운 시간을 보낼 수 있다. 터져나오는 눈물을 막을 수 없다고 고개 돌리지 말고, 내가 아프기 싫다고 남을 아프게 하지 않기로 한다. 실연을 온전히 마주해야 새로운 인연을 만날 수 있다. 결핍은 내보여야지만 채울 수 있다. 그래야만 기다렸다고 할 수 있다. 늦을까봐 헐레벌떡 뛰어오는 거친 숨보다 느긋하게 기다리는 여유 있는 미소를 짓는 법을 배우기로 한다.

시력이

    안 좋아도   안경을 쓰지 않는 사람

내 친구는 시력이 안 좋아도 안경을 쓰지 않는다고 했어
요. 너무 자세하게 다 보이는 건 불편하다고요. 바퀴벌레
의 다리처럼 안 보고 싶은 것들은 자세히 안 보고 슥 지
나가고 싶다고 했습니다. 나는 그것이 잘 이해가 가지 않
았어요. 나는 기분이 안 좋은 이유를 잠시 잊게 되면 기분
이 좋아지는 것이 아니라 그 이유를 끝까지 상기시키는
편이거든요. 나는 차라리 모르고 싶었던 적이 없어요. 모
르는 게 좋을 일이란 내게는 없습니다. 뒤에서 내 흉을 봤
다는 걸 알게 되면 그 내용을 최대한 구체적으로 알고 싶
었어요. 알고 나면 속상할지라도 찝찝하게 속상하기보다

는 개운하게 속상하고 싶은 마음이었거든요. 눈앞에 징그러운 것들도 최대한 좋은 시력으로 자세히 들여다보고 마저 쳐다볼지 말지 판단은 내가 하고 싶었습니다. 그러다보니 점점 더 두꺼운 렌즈의 안경을 찾았어요. 그때는 한 번 안경을 쓰면 돌아갈 수 없다는 것을 모르던 시절이었습니다.

어느새 너무 많은 것들이 보여 삶이 버거워지기 시작했습니다. 주방의 위생이나 음식에 쓰는 설탕의 양을 생각하기 시작하면 식당에서 못 먹는다는 말처럼, 너무 많은 것들을 보고 따지니까요. 말하는 게 점점 어려워졌어요. 지나가며 안부로 물을 만한 말들도 너무 많이 생각하게 됐습니다. 처음 만나는 사람과 으레 주고받는 직업이나 취향에 대한 질문도 내가 불편한 만큼 다른 사람도 불편할 거라고 생각이 들어 아무 말도 할 수 없게 됐어요. 엘리베이터에서 마주친 유모차에 탄 갓난아이를 보고 예쁘다고 말하려는 찰나에도 만약 부모님이 아이가 너무 예쁘다는 것에 대해 콤플렉스가 있으면 어떡하나 하는 생각에 결국 하지 못하고 지나칩니다. 그럴 때는 어김

없이 혀 아래 찝찔한 아쉬움이 남습니다. 안경은 한 번 쓰면 돌아갈 수 없고, 한 번 거슬린 손톱 위 거스러미는 자꾸만 만지게 되는 것처럼 이런 종류의 생각은 한 번 들면 생각하지 않기가 힘들어요. 글을 적는 것도, 말을 하는 것도 점점 더 어려워집니다. 이제는 적당히 못 보고 지나가고 싶은 것들이 많이 생겼는데 이미 너무 늦은 것 같아요.

아무도 나를 모를 때는 세상에 나를 꺼내놓고 보여주고 싶어서 이 일을 하고 싶다 해놓고, 너무 많은 것들이 보이고 나니 세상은커녕 친구들에게도 편하게 말하기 어려워졌어요. 문득 이런 나를 보고 지금 뭐 하고 있나 하는 생각도 듭니다. 이럴 때는 혀 아래 찝찔함이 느껴지는 정도가 아니라 전신이 소금에 절여지는 기분입니다. 아무 것도 할 수 없는 사람인 것 같아서요.

이런 점들이 너무 힘들어서 카메라 앞의 모습과 뒤의 모습을 분리하면 되지 않을까 생각도 해봤지만 그렇게 분리해서 말하는 건 가짜로 말하는 것 같더군요. 그래도 상대방이 듣고 싶어 하는 말을 하는 것이 최소한의 사회

성이 아닐까하는 생각과, 그건 가짜로 말하는 거잖아 하는 생각을 둘 다 오래 해보았는데요. 둘 중 어느 것도 마음먹은 대로 되는 것이 아니더라고요. 그러다 보니 가볍게 농담처럼 말하는 일에도 노력이 필요했습니다. 말들을 자꾸 골라야 했거든요. 의미와 보람을 모두 놓치게 되었어요.

내가 하는 말들로 나를 판단할 거라고 생각하니 말들을 점점 더 오래 고르게 돼요. 그리고 어렵게 고른 말들도 의도와 다르게 전달되는 것을 보면 세상이 미워질 때도 있습니다. 왜 사람들은 모든 분야에 별점을 매기려 들까요. 내가 무엇을 좋아하는지도 별점의 기준이 되니까 좋아하는 것을 좋아할 수 없게 됩니다. 이것이 너무 괴로워서 사람들 평가의 눈초리도 신경 쓰이지 않을 만큼 단단한 부분만 보여줘야겠다고 생각했었는데요. 그런데 또 속상하게 나를 꺼내놓는 것도 이진법이어서 감추거나 전부 보여주거나 둘 중 하나인 것 같더라고요. 내가 원하는 부분만 보여주는 건 어렵고 오히려 그게 더 큰 오해를

안경은 한 번 쓰면 돌아갈 수 없고,
한 번 거슬러 손등 위 거스러미는
자꾸만 먼지가 되는 것 처럼
이런 종류의 생각은 한 번 들면 생각하지 않기가
힘들어요

낳는 경우도 많이 봤고요. 속상하면 속상하다, 행복하면 행복하다고 있는 그대로 말하기 힘든 세상에서 얼마나 더 지낼 수 있을지 모르겠어요. 아마 점점 더 완벽하게 무표정을 찾아가거나 더 완벽한 웃는 표정을 연습하겠죠. 너무 자세히 보려다가 많은 생각을 하게 된 내가 바보 같다고 생각하면서, 동시에 또 이런 생각이라도 안 하고 사는 건 더 바보 같았을 거라고 생각하면서요.

3부

자 기 혐 오

삶은 어떻고 사랑은 어떻게 해야 하고, 저만큼 아플 것이
고 이만큼 울 것이니 딱 그만큼만 버티면 된다라고 말해
주는 사람이 있으면 좋겠어요. 이런 것들을 혼자 생각하
다간 청춘이 다 갈 것 같아요. 시간을 겪어내야지만 알 수
있다는 삶의 본질이 오늘따라 유난히 야속하게 느껴집
니다. 언제쯤 나는 나를 안다고 할 수 있을까요? 모으는
속도보다 더 빠른 속도로 오르는 집값처럼, 30년 살아내
며 쫓아간 내 생각과 마음들은 더 빠르게 저멀리 가 있습
니다.

이를테면 자기혐오에 시달릴 때가 있습니다. 하지만

나를 싫어하는 것도 나여서, 내가 봐도 별로인 내가 감히 누군가를 싫어할 자격이 있나 생각합니다. 나 따위가 싫어하는 사람이라면 그 사람은 정말 형편없겠다고 생각하면서도, 똥 묻은 내가 겨 묻은 나한테 뭐라 하는 거면 어떡하지 하는 혼란이 심해져요. 이런 생각들이 자꾸 꼬리를 물면 밤에 산책을 나갑니다. 그런 나쁜 생각을 하는 사람은 내가 아니고, 좋은 생각을 하는 사람만이 나라고 중얼거리면서 아무도 없는 밤거리를 걷고 돌아오면 그날은 더 이상 나를 깨우지 않고 겨우 잘 잡니다.

이런 반복이 괴로울 때가 많지만 자꾸 나 자신을 채근하며 고통을 내가 주고 내가 받는 이유는 이렇게라도 하지 않으면 정말 나쁜 사람이 될 것 같기 때문입니다. 언젠가 맑고 바른 사람이 되고 싶다는 생각을 한 적이 있어요. 명조체 같은 사람이 되고 싶다고요. 어릴 때 바른 생활 교과서에서 보던 글씨처럼, 가만히 보고만 있어도 바른 사람이 된 것 같은 기분을 느끼게 해주고 싶었어요. 어떤 환경에서 무슨 일로 밥벌이를 하는 것과는 상관 없는 꿈이라는 생각에 신도 났고요. 다짐만으로도 될 수 있을 것 같은 기분이었습니다. 그런데 나는 노력하지 않고 가만히 있으면 금방 탁해지는 어항 같은 사람이더라고요. 매일 모든 순간 끊임없이 노력하지 않으면 뿌예지는 종류의 사람이었습니다.

내가 그런 사람이라는 걸 깨달았을 때의 좌절감은 자주 생각납니다. 남들에게는 심장박동이나 눈 깜빡이기, 재채기 같이 저절로 되는 일들이 나는 의식해서 계속해서 해야 한다는 사실이 우울했거든요. 침 삼키는 것도 일단 한 번 의식하면 그때부터 부자연스러워지듯 내 안의 탁해지는 어항을 보고 나니 나를 미워하는 순간들이 잦아졌습니다.

정말 나쁜 사람들은 자기혐오를 안 하지 않을까? 하는 생각이 문득 들었던 적이 있어요. 그러면 나는 순간, '자기혐오 하는 나'를 스스로 의심해왔던 내 인격에 대한 방패로 들게 됩니다. 거짓말쟁이가 끊임없이 거짓말을 해대는 것처럼, 미워할 만해서 미워해 놓고, 진짜 나쁜 건 아니겠다고 내가 나를 설득하는 모습이에요. 얄궂게도

삶은 어렵고
사랑은 어떻게 해야 하고,

저만큼 아플 것이고
이만큼 웃 것이니 딱 그만큼만

버티면 된다라고
말해주는 사람이 있으면 좋겠어요.

나는 잠시라도 한눈을 팔면 금세 어디 가서 나쁜 생각들을 하고 있습니다. 동시에 나는 또 어디서 내가 나쁜 생각을 하고 있지는 않은지 감시자의 역할을 부지런히 해야해요. 술래잡기할 때 잡는 역할과 도망치는 역할을 동시에 하는 사람의 혼란이 야속할 때가 많습니다.

공수를 교대해서 내가 나를 혐오하는 과정도 야속한 것은 비슷합니다. 혐오의 주체이자 대상인 나는 혐오하거나 혐오 당하거나, 둘 다이거나의 상태를 야바위하듯이 지냅니다. 비 오는 수영장에 있는 사람처럼 이 옷이 어디서 젖었는지 궁금하지도 않은 기분입니다. 나는 물에 콱 빠져서 죽지도, 나를 구조하지도 못합니다. 미워하기도 바쁠 텐데 짬을 내어 그 미움도 다 받아 내는 내가 아주 가끔 처연해지기도 하지만, 어쩔 수 없다는 생각입니다. 미운정도 정이었구나 하는 말을 언젠가는 할 수 있길 바라며 오늘도 산책 나갈 준비를 합니다. 오늘은 몇 행의 나와 몇 열의 내가, 얼마나 심하게 물고 뜯고 싸울지 패배를 걱정하며 승리를 다짐하며.

그래도 오늘 밤에는 미워하는 사람과 미움받는 사람

이 둘 다 나인 것이 둘 중 하나인 것보다는 낫지 않냐고
중얼거리며 걸어 보려 합니다.

새
치
기

그때 내가 너무 말을 잘한 것도 폭력이었다고 반성한
다. 나는 원래 마음속에 있던 만큼만 꺼내놓기가 어
려운 사람이다. 사랑하거나 미워하는 마음도 원래보
다 더 크게 과장해서 표현한다 나도 모르게. 조금 덜 사
랑했는데 죽을 만큼 사랑하는 것처럼 말하고 그렇게 미
운 것이 아닌데도 죽일 만큼 네가 밉다고 달려든다. 단어
와 비유들이 원래 마음에 자꾸 살을 붙이고 그 말들이 힘
을 받아서 늘 예상보다 크게 휘둘러진다. 자꾸 그렇게 감
정에 살을 붙여서 말을 하다 보니 이제는 뼈대 없는 말도
하게 되었다. 없는 마음도 말로 표현을 해대는 것이다. 말

과 표정이 마음과 생각을 새치기 한다. 그렇게 없는 이야기를 하다 다음 말이 생각이 안 날 땐 마음이 너무 커서 말이 그 마음을 담아내지 못한다고 한다. 말을 위한 말을 하고 있으면서 마음이 어떻다고 이러쿵저러쿵 말을 해대는 나를 보면 그냥 콱 한강에 뛰어들고 싶었다.

언어는 마음을 과장하기 위해서가 아니라 더 명확하게 표현하기 위해 만들어졌을 텐데 책을 읽고 메모를 해갈수록 나는 자꾸 과장하게 된다. 수산시장에서 바구니 무게까지 같이 달아 팔아치우는 장사치처럼 부산물들까지 내 마음의 무게로 달아놓고서 가격은 시가를 주장하는 모습까지 보고 나는 이제 말을 줄여야겠다고 다짐했다.

그럼 이제 마음은 글로 적어내기로 한다. 말이 너무 빨라서 마음을 앞지를 때가 많으니 연필이나 키보드로 문장을 적어내면 아닌 마음은 빼고 진짜 마음은 더 정갈하게 담을 수 있겠다는 생각이었다. 그런데 이상하게 글도 여전히 마음보다 너무 빠르게 적혔다. 아무리 천천히 적어내려 해도 마음이 영그는 시간보다 더 빨라서 글이 먼저 저만치 앞에서 마음을 기다리며 손가락만 심심하게 까딱하는 것이다. 기다리는 동안 나는 글에서도 교활하게 언어의 유희들을 찾아냈다. 결국 글에서도 나는 내 마음을 자꾸 보태거나 뺀다. 이게 더 고약한 게, 포장된 말은 듣는 사람 귀로 흐르고 흘러나가지만 포장된 글은 흔적으로 남아서 나를 더 괴롭게 할 뿐이었다.

이제 나는 내 마음의 크기와 시간에 걸맞은 표현 방법을 찾아내야만 한다. 그러지 않으면 나는 자꾸 마음과 다른 왜곡된 말과 글로 주변에 상처를 주게 된다.

말과 글로 마음을 쉽게 표현해 낼 때마다 나보다 더 큰 마음을 가진 다른 사람들을 생각한다. 사랑의 크기가 아니라 얼마나 현혹했는지로 평가되는 곳에서 혹시 내가 새치기를 하는 것이 아닐까 하는 것이다. 표현에 서툰 사람이 가져온 큰마음을 비웃으면서 저기 있는 내 마음 보이냐고 맨손으로 허둥지둥 설명하는 모습이다. 겸은 만큼만 보고 본 만큼만 느끼고 느낀 만큼만 정직하게 담아야 하는데 자꾸 힘이 들어간다. 그 괴리를 줄이려면 말을 천천히 하고 글을 조심히 적거나 말과 글만큼 내 마음의 무게를 자주 재봐야 한다. 때마다 다짐하지만 또 때마다 반성한다. 인생은 살기 어렵다는 말을 너무 쉽게 적어낸 나보다 더 힘든 인생을 지나고 있을 사람과, 너무 빨리 써진 편지를 오래도록 들여다보고 있을 사람과, 원래 잘못보다 더 크게 반성하고 있을 사람에게 미안해진다. 그렇게 미안할 사람이 너무 많은데 나는 또 자꾸 미안하다는 표현을 고르게 된다.

네가 밉다고 할 때는 다섯을, 사랑한다고 할 때는 열을 세고 말하기로 한다. 말이 앞서고 글이 앞서서 솔직하지 못했다는 말을 자주하기로 한다. 상대의 표현이 서툰 것을 보고 마음이 작다고 여기지 않는 사려가 있으면 좋겠다. 내 비유와 언어유희가 또 내 마음을 새치기 했다고 알려주기로 한다. 내가 미안한 사람에게 사랑하는 사람에게 미운 사람에게 저울질한 마음 만큼만 내밀

네가 밉다고 한 때는 다섯을,
사랑한다고 한 때는
열을 세고 말하기로 한다.

기로, 그 마음이 부족하면 부족한 대로 받아들이며 살기로 한다. 겉껍질이 아니라 알맹이가 커진 마음을 더 여러 사람에게 더 솔직하게 내밀 수 있게 내가 더 깊어지기로 한다. 드는 생각과 기분을 다 이야기 하지 않고 그냥 그 앞에 조용히 두고 오는 법을 알아가기로 한다. 오늘 밤에는 꼭.

내가 짝사랑을 하는
동안에 1

내가 짝사랑을 하는 동안에 당신은 아무것도 하지 않아도 된다. 그저 스쳐 지나간 것이 고맙고 내가 당신의 존재를 알게 된 것만으로 고마운 마음이다. 당신 것 중에 내가 가지고 있는 건 일기장에 하루걸러 하루 적힌 이름뿐일지라도 나는 당신에게서 사랑도 배우고 체념도 배우고 미련도 배운다. 나를 바라봐 주길 바라다가도 눈이 마주치면 피하게 되는 동공은 왜 통제가 되지 않는지, 멈춘 줄 알았던 심장은 어떤 원리로 다시 그렇게 빨리 뛰게 되는지, 내가 원래 알고 있던 외로움과 당신에게서 배운 외로움이 어떻게 다른지 아무도 가르쳐준 적 없지만 나는 혼자서 다 알 수 있다. 자꾸 생각하고 오래 생각하면 다 그렇게 알게 된다. 그런데 그렇게 알게 된 모든 것들은 다음 날 당신을 마주치는 순간 다 잊게 된다. 그럼 나는 그날 밤 다시 처음부터 배워가는 것이다. 그런 반복으로 그때 배운 것들은 오래 기억하게 됐다.

사랑 중 제일은 짝사랑이 아닐까 한다. 이 세상에 있는 것들 중에 제일이 사랑이라면 사랑 중 제일은 단연 짝사랑이라고 믿는다. 손을 잡지 않고, 깊은 대화를 나눌 수 없고, 소유하지 않아도 그 사람을 사랑할 수 있는 짝사랑을 해본 사람을 사랑한다. 어쩌면 짝사랑이야 말로 사랑의 본질과 가장 가까이 있다고 생각한 날들이 있었다. 어떤 짝사랑은 결과보다 과정만으로도 의미가 있다고. 술을 퍼부어야만 솔직해지는 나는 소주 한 잔에도 간지러운 취기를 느끼는 것이 부러울 때가 많았는데 그런 종류의 짝사랑은 일기장에 이름을 적어두고 바라만 봐도 행복해지니 어떻게 부럽지 않을 수가.

사랑의 완성이 무엇일까에 대해 이야기하는 사람은 많지만 사실 나는 아직도 모르겠다. 그래도 짝사랑의 완성은 고백하지 않는 것이라는 것쯤은 알고 있다. 사랑의 완성이 결혼이라면 너무 상투적이고 백년해로라면 너무 싱겁다. 짝사랑이 완성되는 순간이란 마음을 전달하는 때가 아니라 내 안에서 하얗게 소실될 때가 아닐까 한다. 대가를 바라고 호의를 베푸는 것을 함부로 사랑이라고 하지 않듯이 대답을 바라지 않고 사랑하는 방법을 배우는 것이 짝사랑의 완성이라고 믿고 싶기 때문이다. 사랑이란 마음은 주는 법을 알아야 받을 수 있다,

　혼자 하는 사랑의 좋은 점은 혼자 먹는 밥의 좋은 점과 닮아있다. 음식에 들어간 재료가 어디서 왔는지에 대해 생각해 보고, 씹고 삼키는 과정에서 내 몸속 어디가 열심히 움직이고 있는지 느끼게 해준다. 짝사랑도 사랑에 대해 깊게 생각해 볼 수 있는 시간을 준다. 잠이 오지 않는 늦은 밤 침대에 누워 천장 벽지 무늬에 배어드는 너의 얼굴이 점점 또렷해질 때, 너의 행복을 소원으로 말하고 싶어서 소원을 빌 수 있는 보름달이 빨리 뜨

당신 것 중에 내가 가지고 있는 건
일기장에 하루 걸러 하루 적힌 이름 몇 일지라도
나는 당신에게서
사랑도 배우고 체념도 배우고
미련도
배운다.

길 바랄 때, 너와 어울리는 사람이 되고 싶어 더 잘 살기로 다짐할 때 우리는 마주 보는 것보다 더 그 사람을 깊이 사랑할 수 있는 것이다.

서로 사랑하는 마음은 난시 같아서 너무 가까우면 두 개로 번져 보이고 너무 멀어도 흐릿하게 잘 안 보인다. 연인들이 서로를 자세히 보고 보이고 싶은 마음에 너무 가까이 있으면 싸우고, 너무 멀리 벌어지면 그대로 멀어진다. 사랑에는 거리 조절이 중요하다. 혼자 하는 사랑은 가장 잘 보이는 거리에 너를 두고 마음의 초점을 맞추면 된다. 좋아하는 식물처럼 가장 잘 보이는 곳에 두고 오래오래 기뻐하기만 하면 된다. 그래서 나는 너를 더 잘 사랑하게 된다.

널 사랑하는 마음 이전에 존중하는 마음으로 널 대한다. 짝사랑은 상대방을 존중하는 마음을 먹고 자란다. 꽃을 꺾는 사람을 두고 꽃을 사랑한다고 하지 않는다. 원래 식물을 사랑하는 사람은 꽃다발도 잘 사지 못한다. 열

렬히 사랑하다 잘 삼킨 짝사랑도 뜨거운 연애만큼 오래 기억된다. 혼자 하는 사랑을 해봐야, 잘 해봐야 서로 하는 사랑도 잘 할 수 있다. 그때는 몰랐는데 이젠 안다. 그래서 일기장에 적힌 그 이름들이 고맙다.

납득과
이해

몸 말고 마음도 감기에 자주 걸린다. 마음에 감기가 걸리면 나는 늘 새벽과, 술과, 관성 같이 담배를 찾게 된다. 아무래도 마음 안의 덩어리들을 뽑는 동안 굵힌 상처를 닦아내려면 몸을 해쳐야 하는 건가. 몸이 덜 아플 때가 많으니 자꾸 몸의 피를 빼서 마음에 수혈하게 된다. 내가 규정하는 나는 세포가 아니라 마음에 있다는 생각에, 나를 챙기려고 눈을 자주 감는 편인가 한다.

눈 둘 데가 없어 켜둔 텔레비전에서 의사가 건강하게 살기 위해 해야 하는 것들을 말해주고 있었다. 잠자기 전에는 되도록 눕지 않고, 허리를 곧추세워 앉아야 하고 술

과 담배는 절대로 가까이해서도 안 되고, 밤에는 오래 뒤
척이지 않고 바로 잠드는 것이 좋으며 새벽을 너무 탐내
선 안 되고 산책할 땐 되도록 빠르게 걸어야 한다고 했
다. 하지 말라는 것들은 전부 내가 마음이 다치면 하는 행
동들인데. 나는 건강하게 오래 살지 못하겠구나 하는 생
각이 든다. 얼마 살지 못할 거라는 수의사의 말을 강아지
가 혹시 들을까 귀를 막는 할머니처럼 저 의사가 코딩처
럼 입출력하는 말들을 내 마음이 들을까 전원을 끈다.

    푹, 푹 꺼지는 소파에 안기면서 허리에 쥐약이라는 죄
책감이 들려다가 곧 쥐약이라는 표현을 생각한다. 쥐가
먹는 약 중에 쥐를 살리는 약은 없구나. 쥐에게 약은 죽이
는 약밖에 없구나. 중얼거리면서 눈을 감는다. 고민이 있
으면 며칠이고 잠도 자는 둥 마는 둥 생존에 필요한 최소
한도 내팽개치는 내게는 지금 쥐약 같다는 술이 나를 살
리는 약인데 이런 나는 왜 이렇게 너무 나약할까. 운동하
는 것이 유행하면서 강한 것은 선, 나약한 것은 악. 그것
도 도태되고 나태한 악이라는 분위기에 눈치가 보여 운

동을 자꾸 더 멀리하게 된다.

우울할수록 땀이 나는 운동을 하면 어떤 호르몬이 분비되어서 기분이 좋아진다는 말을 유행가처럼 자주 듣는다. 아 나는 내 공허함의 이유를 호르몬에서 찾는 너무 똑똑한 사람은 되지 말자는 다짐을 한다. 사랑을 시작하는 표정들과 실연하고 침잠하는 날들을 앞에 두고서 뭐라 할 말을 찾지 못하는 아둔한 싱거움을 키워내기로 한다. 별이 쏟아지는 밤하늘을 보면서 유난히 밝은 별은 확실히 인공위성이라는 사실에 맞서 유재하일 수도 있는 거 아니냐고 당당하게 묻기로 한다. 잠자는 아기를 가만히 보고 있으면 저건 난자와 정자가 만나서 만들어졌다기보다는 별에서 왔다는 표현이 확실히 더 정확하겠다고 생각하게 된다.

이해는 하지만 납득할 수 없거나 이해는 안 되지만 납득해야만 한다거나, 둘 다 되거나 혹은 둘 다 아닌 일들을 구분해서 생각해 주는 사람을 사랑하게 되었다. 그래서 몸의 피를 주사기로 빼서 마음에 넣는, 의사들이 싫어하는 것들을 덜 하게 됐다. 그것만으로도 많이 고맙지만 더 고마울 일들만 남아있는 것 같아 나는 또 고맙기 전부터 미안해진다. 이제 마음을 챙기려 몸을 밀어내지 않게 되었다. 일 년에 한 번 받는 건강 검진 결과표에는 좋다거나 걱정한다는 말없이 숫자만 있는 것을 이해하기로 했다. 병원을 가도 모니터에서 고개를 돌리지 않는 의사에게 저것이 내 몸에 있었나 싶은 글자 옆에 염증이라고 적어서 진단받던 날들도 미워하지 않기로 했다. 내가 이해할 수 있을 때까지 기다려준 사람 덕분이다.

근거와 논리로 점철된 세상의 말들은 납득시킬 수는 있지만 이해시킬 수는 없다. 우리 몸은 납득하고 마음은 이해한다. 주사를 꽂을 혈관은커녕 입이 어디인지 모르는 마음을 두고서 납득시키려 달려들지 말자고 다짐한다. 건강한 신체에 건강한 정신이 깃든다는 말을 혼날 때만 들었던 나는 이제 마음이 건강해져서 몸의 건강도 들여다볼 수 있게 됐다. 무엇보다 내 몸과 마음이 더 건강해져서 나도 다른 사람들을 이해할 수 있는 여유가 많아지면 좋겠다.

내가 짝사랑을 하는
동안에 2

내가 짝사랑을 하는 동안에 당신은 아무것도 하지 않아
도 된다. 당신에게 내 사랑을 내밀었을 때 전혀 생각지 못
했다는 표정을 지을 거라면 차라리 아무것도 하지 않
는 것이 좋겠다. 내가 당신을 좋아할 거라는 걸 상상도 하
지 못했다는 말을 어떻게 그렇게 웃으며 할 수 있는지, 당
신의 알레르기 반응 같은 말에 왜 나는 자꾸 당신에게 미
안해지는지, 사실 나도 당신을 좋아하지 않으려고 부단
히 노력했는데 그게 잘 되지 않았다는 것에 대해 따져
묻고 또 해명하고 싶지만 번번이 실패했던 날들이 많았
다. 이런 종류의 짝사랑은 늘 죄스러운 감정을 수반한

다. 나 같은 사람이 당신을 함부로 짝사랑해도 되는 건지 나를 자꾸 채근하고 또 내가 반성하게 되는 것이다. 당신이 좋아질수록 나는 작아지고 당신을 떠올릴수록 내가 미워져서 차라리 이렇게 작고 미울 거면 아예 벌레가 되어 당신 어깨에 몰래 내려앉아서라도 옆에 있고 싶다.

짝사랑을 너무 오래 하다 보면 당신을 내 마음에서 나가라고 했다가 미안하다고 다시 들어오라고 했다가 한다. 혼자 토라지고 푸념했다가 혼자 화해하고 후회한다. 그렇게 아무도 알려준 적 없지만 오래 생각하고 자꾸 생각하면 나는 혼자서도 다 하게 된다. 당신이 무너지라 하면 나는 기꺼이 무너지게 된다. 당신이 아니라고 하면 내 세상에서 그것은 아닌 것이 된다. 사실 당신이 무너지지 말라고 해도 나는 무너지고, 당신이 옳다고 해도 나는 자꾸 아니게 된다. 당신이 잘못한 것은 아름다운 것 말고는 없는데 나는 거울 속 이 모습이라 나를 원망하게 된다. 그렇게 거울을 노려볼수록 나는 더 못난 표정이 되어 상냥해도 모자랄 판에 더 퉁명하다. 당신 눈 이전에 내

눈에도 한참 모자라서 손가락으로 얼굴을 있는 힘껏 꼬집어보고는 거울에서 멀리 도망가는 것이다. 그렇게 신경질적으로 침대에 몸을 던져 누우면 또 천장에서 당신이 기다리고 있다. 진짜 당신인 것처럼 부끄러워서 눈을 감아도 당신이 나타나고 이 사실이 괴로워서 잠에 들면 꿈에서 또 당신이 나타난다. 그럼 나는 꿈속에서도 숨을 참는다.

당신이 보고 싶은 마음에 눈을 감았을 때 내가 아는 당신의 표정은 얼마 되지 않아서 당신은 꼭 한 표정으로만 앉아 있다. 나를 보고 환하게 웃는 얼굴을 본 적이 없으니 상상도 못 하는 것이다. 그래서 나는 당신 옆에 있는 내 표정을 연습한다. 언젠가 당신 옆에 섰을 때 내 표정을 당신과 어울리게 짓고 싶어서 내가 지을 표정의 모수를 늘리게 된다. 그런데 그럴 일은 없다. 그건 너무나도 잘 알고 있다. 깊은 수심에서 감압을 생각하지 않고 해수면으로 오르내려 병에 걸린 잠수부처럼 지금 당장 죽고 싶다가도 당신과 영원토록 살고 싶은 감정이 너무 휘몰아

쳐 마음이 자꾸 너덜너덜해지는 것이다. 이런 반복을 하는 동안 나는 당신에게서 자꾸 멀어진다. 멀어지는 행동만 한다. 벌레가 되어 옆에 있고 싶다가도 그건 너무 숨이 가쁠 것 같아서 멀어지는 게 낫겠다고 나 혼자 결정한다.

그래서 마지막이라고 해두면서 연서를 쓰고 재생 목록에서 당신의 주제곡도 지우고 당신에 관한 모든 것을 버리려고 서랍을 열어도 아무것도 없다는 사실에 또 한번 울었다가 당신을 떠날 채비를 한다. 뒤돌아보지 않겠다고 약속하고 멀어지고 또 멀어졌는데 지구는 둥글어서 나는 결국 당신 앞에 와서 앉아 있다. 오랜만에 본 당신은 더 근사하다. 이게 날 미치게 한다.

편지 3

형 나야. 요즘도 이렇게 무턱대고 하는 반말에 덜컥하고
그래? 그러지 좀 말라고 했잖아. 형 같은 사람은 나처럼
형이라고 불러주는 사람 없으면 주변에 사람이 없을 거
라고. 다른 게 아니라, 그냥. 그동안 고생했다고. 이거 말
하고 싶어서.

　형이 맨날 그랬잖아. 술 먹으면 화장실에서 아무도 못
듣는 줄 알고 혼잣말로 기형도 시인 들먹이면서, 나의 생
은 미친 듯이 사랑을 찾아 헤매었으나 단 한 번도 스스로
를 사랑하지 않았노라 중얼거리고 그랬던 거. 기억나지.
요즘도 그래? 그러지 좀 마. 나 변기에서 다 듣고 있었다

고. 그래도 어디 가서 얘기는 안 했어. 말하는 내가 다 창피해져서. 그래도 나한테는 창피해도 괜찮아.

괜히 민망해서 농담으로 말을 꺼냈는데. 뭐랄까 이번에도 형한테 사과를 해야 할 것 같아. 나는 사과할 때만 편지를 쓰는 것 같지만 내가 뭐 그렇지.

내가 글자로 전하는 마음은 오해받기 십상이라고 자주 그랬잖아. 한글은 ㅇ 빼고는 ㄱㄴㄷㄹ,ㅏ ㅑ ㅓ ㅕ 전부 각이 날 서 있거나 스치기만 해도 베이는 뾰족한 것들 천지라고. 천천히 입에서 녹이면서 하고 싶은 말이 있고 알약 삼키듯이 빠르게 하고 싶은 말이 있는데, 말과는 다르게 글은 읽는 사람의 속도를 조절할 수 없다고. 글은 그래서 늘 답답하고 억울하다고. 기억나지? 내가 계속 이야기했었는데. 기억 못 하면 서운해.

그래서 만나서 말하고 싶었는데 나나 형이나 만날 수가 있어야지 원. 이렇게 자꾸 툭툭 말하는 것도 너무 미안해서 그러는 거야. 쳐다보지도 못할 만큼 미안해서. 형 닮아서 겁이 많은 나는 글로 적을 수밖에 없어. 우린 이런 것도 비슷하네.

　형 있지. 잘 들어. 나는 형을 단 한 번도 이해하지 못 해
왔어. 하려고 하지도 않았고. 형이 하는 말에 끄덕여왔던
것도 관성적으로 했던 거야. 그래서 형을 외롭게 두었어.
형이 외로워했던 것도 많이 보이고 그랬는데, 못 본 체했
어. 사실 그때 형의 일그러진 표정이나 주저앉은 모습을
보면 길 가던 모르는 사람도 와서 안아줬을 텐데. 그게 두
고두고 생각나. 그래서 아주 미치겠어. 내가 후회하지 않
으려고 살아오면서 정말 노력했는데 결국 이렇게 됐어
형.

　형 사실 나는 미안한 마음 건너편에 추 올려놓듯이 형
을 미워했거든. 형을 생각하는 저울이 미안한 쪽으로 자
꾸 기울어져서 안 미안해하려고 억지로 미워했어. 그래
야만 덜 미안할 수 있어서. 미안하다 보면 한도 끝도 없이
미안해져서 내가 힘들까 봐. 나 편하자고 그냥 미워하고
말았던 거야. 그게 지금 화나고 아주 죽겠어.

우리 만약 다음이 있다면 그 때는 처음부터
많이 사랑할게.

형 그렇게 있는 대로 성질내고 감정 안 숨기고 그러니까 주변 사람들이 그렇게 형을 안 감싸 안지. 그렇게 있는 생각 없는 생각 다 표현하고 그러는데 누가 형을 받아줘. 형도 입장 바꿔서 생각해봐. 라고 했던 말들 있지. 제발 잊었다고 해주라. 그거 형 일기장에서 본 표현이야. 형 그거 형이 먼저 반성하면서 했던 말인데 내가 약점처럼 잡아서 쏘아붙였어. 형도 그거 이미 알고 있었는데 자꾸 형을 구석에 몰아넣었어. 형 알고 지낸 세월 내내 그랬다는 게 믿고 싶지도 않고 가슴을 친다. 내가 정말 소원이 있다면 형 내가 한 말 잊고 지냈길 바라는 거야. 그거 내 진심도 아닐뿐더러 형이 그렇게 살았어도 됐었어. 그렇게 해도 안아줄 사람이 있었는데. 누군가가 아니면 나라도 그래야 했었는데 내가 사람들 주도해서 형 미워했어. 형 나 용서할 수 있어? 용서하지 마. 용서하지 말아주라.

형. 내가 많이 사랑해. 사랑한다는 말을 제대로 못 해봤어. 아낌없이 할걸. 연인한테 쏟는 마음 반의반만 줬어도 형도 나도 행복했을 텐데. 형 손 한 번 못 잡아봤네. 형한테만 인색했어. 형. 내가 너무 바보 같아서 우리 너무 힘들었다 그치. 우리가 싸우면 우리가 제일 아파했을 거면서 왜 그랬을까. 다른 데서 짜증나는 일이 있으면 거기에 풀어야 했는데 제일 만만했나 봐. 형 그동안 고생 많았어. 우리 만약 다음이 있다면 그때는 처음부터 많이 사랑할게. 잘 가. 정말 재미있었어 형. 그렇게 입이 닳도록 말하던 엄마 만나러 가네 좋겠다. 내 안부도 좀 전해 드려줘. 궁금하시겠다. 잘 가.

죽는 날의 문상훈에게

영
원

영원한 건 없다는 걸 알고 얼마나 울었는지 모른다. 모든 스쳐 가는 것에도 울던 어릴 적 이야기가 아니다. 술을 마시기 시작하고 사랑도 알게 되고 내 한계도 알아가고 나서야 영원한 건 없다는 걸 알게 되었다. 중학교 1학년 때까지 산타클로스를 믿었다. 그만큼 세상 물정을 몰랐다기보다는 믿는 대로 이루어질 거라는 기대가 너무 컸다고 생각한다. 산타가 없다는 걸 알고 난 후에도 꽤 오랫동안 이렇게 다 같이 웃고 있는 엄마 아빠가, 엄마 아빠의 피부가, 할머니들과 고모와 이모가 모두 다 같이 있을 거라고 믿었다. 할머니와 엄마가 떠나가고 나서도 여전히 어떤 것들은 영원할 수 있다고 믿었다. 그중 가장 영원에 가까운 것은 단연코 사랑일 거라고 생각했다.

영원을 바라며 만난 연인이 영원한 것은 없다고 말한 적이 있었다. 뜨겁게 화가 나서 한 말도 아니고 차갑게 비관적으로 말한 것도 아니어서 나도 미지근하게 고개를 끄덕일 수밖에 없었다. 그제야 받아들였다. 영원한 건 없구나.

마음을 먼저 주고 나서 이 관계가 오래가길 바랐는지 오래 갈 관계라고 믿고 마음을 퍼주었는지는 기억나지 않는다. 그저 남김없이 마음을 썼던 관계들이 멀어져가는 것을 보면서 이 다음은 영원하길 바랄 뿐이었다. 이 관계가, 이 물건이, 이 사람의 수명이 다한 것뿐이지 아직 어딘가에는 영원한 것이 있다고 믿으며 다음 영원을 찾아 떠나는 삶을 살았다. 영원하지 않다면 누구에게도, 어떤 것에도 진심을 다 할 수 없다는 생각이었기 때문이다.

모든 것에 끝이 있다면 나는 그 무엇도 시작하고 싶지 않다는 마음이었다. 내가 가장 싫어했던 염세적이고 현

실적인 사람들의 모습과 닮아가게 되었다. 나는 이제 함부로 사랑할 것이 없었다.

마음을 준 것에 대가를 바라기 때문에 끝을 두려워하는 건가 돌이켜 본 적이 있었다. 내가 꿈꾸던 영원은 산타클로스가 있기를 바라는 소년의 마음이 아니라 언젠가는 반드시 보상이 돌아올 것이라는 계산이었나. 대가 없는 사랑을 하고 있다고, 영원을 알 것만 같다고 여기저기 자랑하고 다녔는데. 혼자 부끄러울 걸 괜히 많은 사람 앞에서 창피를 당했다. 계면쩍은 표정을 감추며 그저 그렇게 끝난 관계들을 마음속 깊은 곳으로 치워두었다. 안 아픈 척했다. 많이 아팠지만.

자꾸 치우기만 하다 보니 남아있는 것도, 할 수 있는 것도 없게 되었다. 헤어질 연애는 시작도 말아야 하고, 어차피 질 팀은 응원하지 말아야 하고, 답이 없는 질문은 꺼내지도 말아야 했다. 그 시간에 얼마나 웃었거나 얼마나 아팠는지는 중요하지 않았다. 결과를 내지 못한 시간들은 가차 없이 말소처리 되었다. 멀어지는 기억 몇 개를 아무리 뒤집어 봐도 좋은 결과를 냈던 적보다는 아쉬웠던 기억밖에 없는 나는 인생을 통째로 부정해야 했다. 영원한 건 없는 세상은 너무 팍팍하다.

아, 그러면 나는 너무 영원을 믿어보고 싶다. 끝이 있는 사랑이라고 해서 사랑이 아닌 게 아니라고 믿고 싶다. 겨울과 여름의 끝에서 다시 여름과 겨울을 기다리고 싶다. 우리는 존재하는 것의 존재를 믿기보다는 부재하는 것의 존재를 믿을 때 그 믿음이 더 간절해진 역사를 살아왔다고 생각한다. 우리가 여태껏 영원한 것을 한 번도 보지 못한 것처럼 완전한 끝도 본 적이 없다. 결국 이 세상에서 영원한 것은 영원하기를 바라는 마음뿐일지라도 너와 내가, 어린 시절에 엄마와 아빠가, 친구들과 웃고 떠드는 지금 이 순간이 영원하기를 바란다. 그래야만 사랑할 수 있겠다.

사진을 이어붙이면 영상이 된다. 영원하길 바라는 찰나들을 이어 붙이면 영원이 된다. 습관적으로 영원을 말해야겠다. 그대와 영원히.

사진은 이어붙이면 영상이 된다.
영원하기를 바라는 찰나들을 이어 붙이면
영원이 된다.

그의 글이 단출해 좋다. 애써 멋 내지 않은 듯 보이지만 실은 그러기까지 그가 얼마나 많은 멋쟁이 단어들을 탈락시켰을지를 상상하면 웃길 것도 없는데 미소가 스쳐지나간다. "정서와 윤리의 백혈구[1]"라는 표현을 쓰기까지 그는 세상 그 어떤 세균과 싸우는 백혈구보다도 치열했으리라.

낮에 모아 밤에 펼쳐냈을 단어들이 그의 선택을 받아 이 책에 담기기까지 얼마나 처절하고 웃겼을까. 나는 문상훈이 아직 쓰지 않은 단어들이 부럽다.

우리 부모님이 3년 먼저 사랑을 나누셨다는 것을 이유로 그에게 윗사람 대접을 받고 있지만 나는 그보다 문상훈의 (거의) 최초의 팬임을 이제야 고백한다. 그렇기에 나는 문상훈이 쉬지 않고 썼으면 한다. 그가 취해야만 쓸 수 있는 작가라면 평생 주류를 무상 지원할 테고, 밤에만 쓸 수 있다[2] 하면 1년 내내 동지(冬至)이길 빌겠다. 시인이 못하는 것들을 나눠서 해주고 싶다[3]는 문상훈처럼 나도 그가 못하는 것을 나눠 해주고 싶다.

누구도 30초 이상 무언가를 보지 못한다는 시대에, 모두가 글자를 읽는 대신 챌린지를 하는 시대에 나는 문상훈의 글이 모기처럼 언제나 우리 곁에 있었으면 한다.

이 책을 읽고 나니 어떤 알고리듬으로든 우리는 만날 수밖에 없었겠다는 생각이 들었다. 이 책을 선택한 독자분들도 마찬가지가 아닐까 하는 상상을 한다. 같은 정서를 공유하고 있을 그들과 이 책에서 동창회를 열고 싶다.

유병재 (코미디언)

1 본문 76p, 「불쌍한 것들은 안아주고 싶어지니까」
2 본문 47p, 「밤벗」
3 본문 75p, 「시인」

문상훈을 만나면 진짜 대화를 하게 된다. 우리는 방송꾼처럼, 그러니까 업자처럼 말할 수도 있겠으나 그렇게 하지 않는다. 그도 나도 젊지만 가짜 대화에 신물이 날 만큼은 살아본 것 같다. 문상훈이 처음으로 글을 보여준 날엔 심장이 무지 빨리 뛰었다. 그가 너무 귀엽고 슬퍼서, 청승이 너무나 정교하고 고와서 마음이 아팠다. 아끼고 싶은 아픔이었다. 글이 좋다고 내가 말하자 그는 답장을 계속 썼다 지웠다 했다. 그 망설임은 나 때문이 아니다. 나보다 훨씬 어려운 청중이 늘 그를 주시한다. 문상훈이라는 엄격한 청중 말이다. 우리가 진짜 대화를 할 수 있는 건 문상훈이 자기 자신과 이미 너무 많은 이야기를 하고 와서다.

뭘 그렇게까지 깊이 생각하냐는 타박을 들으며 그는 지내왔을 것이다. 그럼에도 늘 그렇게까지 깊이 생각하고야 말았을 것이다. 꼴보기 싫은 자신을 징하게 들여다보며 청춘을 백 번쯤 되살아본 것 같고 그러다가 아주 독특한 자의식들을 발명해낸 듯하다. 승화의 아이콘이 된 지금도 그는 알고 있다. 인생과 자기혐오를 떼어놓을 수 없다는 것을. 살아간다는 건 자신을 점점 더 미워하는 일이기도 하다는 것을. 나의 동료 작가 안담은 문상훈에 관해 이런 말을 했다. "모퉁이에 있었던 애들은 서로를 알아볼 수 있어." 문상훈이 아무리 높은 조회수를 기록하고 지금보다 훨씬 더 부자가 된다 해도 변하지 않는다. 그가 모퉁이에서 왔다는 사실은. 그가 쓰는 문장을 단번에 이해할 또다른 모퉁이 인간들을 생각한다. 나 역시 모퉁이에서 그를 바라본다. 어떻게 유튜브를 냉소할 수 있겠는가. 거기에서 문상훈이 웃고 있는데. 어떻게 TV 앞에 앉지 않을 수 있겠는가. 거기에서 문상훈이 도망치며 울고 있는데… 그렇게 많은 문상훈을 봤는데도 여전히 새로운 문상훈의 얼굴이 이 책에 있다. 내 인생은 문상훈의 재능과 고독을 바라보며 흘러간다.

이슬아 (작가, 헤엄 출판사 대표)

문상훈은 각종 매체를 넘나들며 여러 사람의 모습으로 활약하다가도, 종종 소형 카메라를 켜놓고 시에 대한 애호를 범상치 않게 고백해왔다. 그럴 때마다 백 개가 넘는 다른 이름으로 활동하며 시 쓰기에 대한 갈망을 놓지 않은 페르난도 페소아를 농담 반 진담 반으로 재차 떠올린 적이 있다.

관련하여 문상훈의 글쓰기엔 어떤 고집이 느껴지는데, 이는 주변 광경을 세밀히 포착하고 타인과의 기억을 세심히 소환하는 기록 너머, 일정한 리듬을 갖춘 채 우리네 삶을 절묘하게 '이미지화'하는 시 구절 같은 단상을 낳는다. 처음엔 책 속 글귀를 쭈욱 낭독해보고픈 마음이 들다가 여러 번 읽을수록 시를 읊듯 한 줄 한 줄 낭송하고 싶어지는 이유다.

그가 은은하게 추구하는 형식미와 결합된 관계·젊음·죽음·행복·언어·감정 등에 대한 고찰을 따라가다보면, '표류하는 자'의 미덕을 접하게 된다. '인간이란 존재 자체가 이미 여행'이라고 밝히며 부지런히 본인을 탐색했던 페소아의 정신에 빙의한 문상훈 덕분에, 나는 가장 가깝고도 먼 여행지, 아직 다녀오지 못했기에 흥미로운 여행지가 바로 내 자신임을 새삼 곱씹게 됐다.

무엇보다 문상훈은 맛깔난 비유를 통해 타인과 자기 자신의 생활을 이리저리 되살펴 보는 과정에서 찾아오는 감흥을 공유한다. 여기엔 삶의 고된 지점을 마침내 극복했다는 표현을 경계한 채, 버거운 삶에 대처하는 묘수처럼 포장된 말들에 현혹되지 않으려는 저자의 결기가 담겨있다. 그로 말미암아 이 책은 오늘의 다짐이 내일 급작스레 무너져 당황스러운 상황을 맞이하고, 어제 실컷 부정했던 생각들이 오늘따라 소중하게 다가오는 모순 속에서도 사람과 인생에 대한 '묘미'를 찾아나서려는 이들에게 애정 있게 다가간다.

김신식(감정사회학자, 작가)

내가 한 말을
내가 오해하지 않기로 함

초판 1쇄 발행 2024년 1월 5일
초판 15쇄 발행 2024년 12월 15일
지은이 | 문상훈
발행인 | 홍경숙
발행처 | 위너스북
경영총괄 | 안경찬
기획편집 | 박혜민, 이다현
출판등록 | 2008년 5월 2일 제2008-000221호
주소 | 서울 마포구 토정로 222, 201호(한국출판콘텐츠센터)
주문전화 | 02-325-8901
팩스 | 02-325-8902
디자인 | 노혜지
지업사 | 한서지업
인쇄 | 영신문화사

ISBN 979-11-89352-74-5 (03810)

winnersbook@naver.com | tel 02)325-8901